Leo Hans Mally · Der alte Böhmerwald

LEO HANS MALLY

Der alte Böhmerwald

Ein Jahrlauf zwischen Osser und Arber

Was man sich damals erzählte

Geschichten und Gedichte

MORSAK VERLAG

Schutzumschlag: Gemälde von Lothar Sperl:
„Donnerwinkel unterm Osser"

1. Auflage von „Der alte Böhmerwald" 1940 (Wien)
2. Auflage 1960 (Deggendorf)
Gesamtherstellung: Morsak Druckerei und Verlag oHG,
8352 Grafenau
Printed in Germany
ISBN 3-87553-261-9

INHALT

EIN JAHRLAUF ZWISCHEN OSSER UND ARBER

Ein Büchel vom Wald
Vorwort

Seit das Büchlein vor fast einem halben Jahrhundert im Adolf Luser Verlag in Wien erschienen war, hat es manche Neuauflage erlebt. Daß nun der Verlag Morsak Grafenau diese frühen Früchte eines Sammlers gerade in diesem Jahr wieder herausbringt, freut den Verfasser besonders, zumal er gerade sein 85. Lebensjahr vollendet.
Der junge, viel zu früh verstorbene Dichter Fritz Basil hat dem Büchlein einst das folgende Geleitwort mitgegeben:
„Im Walde bleiben die Menschen jung; auch wenn ihre Wangen früher verwittern, und ihre Rücken sich vor der Zeit krümmen. Draußen, das Geschlecht, das auf den ebenen Äckern wohnt, ist wie ein erwachsener Mann, der viele Geschäfte hat und kundig ist vieler nützlicher Dinge. Aber die Ängste und Seligkeiten der Kindheit sind ihm vergilbt zwischen dem reifenden Weizen.
Im Walde beugt sich noch der Baumgott über die Wiegen, wenn die Äste bis an die Scheiben der Wochenstuben schlagen, und sein grüner, dämmernder Blick ruht noch über dem Greise. Die Wunder haben Raum in seinem Mantel, und die Schnurren der Schrätlein. Da raschelt die goldene Natter im Laube, die Bächlein läuten, silberne Fische glänzen im Netz des verwunschenen Fergen, es sausen die Flechten, Fichten köpfen die Riesen im Sturm wie Disteln, weltalte Weiblein schlurfen aus den Wurzelhöhlen, im Sonnenstrahle überm Moos stehn Falter mit wunderholden Schwingen, und in dies Gespinst aus Glück und Grauen poltert das Gelächter der Schwänke, schallend und derb, wie ein Trupp Holzer und Hirten abends in die dämmrige Spinnstube bricht.

Ein junger Dichter, der im Waldgebirge aufwuchs, ist mit dem Wanderstab und dem Studentenränzel in manchen frohen, himbeersüßen und wetterleuchtenden Sommern den Sagen seiner Heimat nachgefahren. Nicht im Notizbuch, im Herzen trug er sie heim, wie sie ihm rote Geißbubenlippe und zahnloser Ahnenmund raunten, wie sie ihm seine Träume bescherten, wenn er in Astgabeln schlief, oder wie er sie mittags erlauschte, rastend die Wange an die silbrige Buche gelehnt.
Er hat's uns aufgeschrieben, in einer Sprache, die selber wie Dornschlag, Pilz und Wurzelknorren bunt und eigenwüchsig blüht, und er hat eine Handvoll Lieder wie Vögel in den Legendenwald geworfen.
So steht sein Büchlein nun vor uns, ein herzecht Stück vom Walde selber, und will uns Wandergefährt im blauenden Reviere sein.
Und Ries' und Moosweibl wünschen ihm Glück auf den Pfad . . ."

Deggendorf, im Sommer 1986 *Leo Hans Mally*

DER ALTE BÖHMERWALD

Die Sage

Verschollene Göttermären
gewittern mir im Blut;
vor vergessenen Steinaltären
lupfe ich scheu den Hut.

Nachts rauscht der Wind mich munter,
es reden Bäume und Pflanzen;
um zerfallenen Brechhausplunder
Druden und Hexen tanzen.

Das Geheimnis der schwarzen Seen,
ich heb es vom dunklen Grund;
ich sah tausend Geschlechter gehen,
sie reden durch meinen Mund.

Ich bleibe die ewige Frage
nach dem sausenden Leben im Wald;
ich bin eine alte Sage –
. . . ich bin so alt
wie der Böhmerwald.

Der alte Böhmerwald

Vom vielfältigen Leben einer Sage

Die Sage vom alten Böhmerwald erzählten sie sich vom Osser bis weit über den Blöckenstein hinunter. Es ist kurzweilig, dem Weg dieser Sage nachzuspüren, der jeder, der sie weiterformte, ein Stück von seinem Gewand umhing. So wanderte sie als Holzer, Kohlenbrenner, Bettelmusikant und Flußsieder und Stierhüter durch den ganzen weiten Böhmerwald. Irgendeinmal wird ein Waldler nachgesonnen haben, wie uralt denn schon sein moosbärtiges Gebirg sein könnte. Und weil er wußte, daß da und dort einmal Häuser standen, wo schon wieder der Wald mannshoch wuchs, weil auch Geschichten von Dörfern gingen, die in helle Abende läuteten, wo jetzt das dunkle Auge eines Sees in den Himmel schaute – daß aber auch keines Menschen Leben reicht, als kleines Maß an der großen Zeit zu dienen, hat der Waldler das Rätseln um das Alter der Heimat einem buckligen Moosweiblein in den Mund gelegt.
Um den Blöckenstein herum kannte man noch vor etlichen Jahren die Sage so, wie sie der erste Waldlermund geformt haben mag:
„Alle fünfhundert Jahr kommt das graue Moosweibl, schaut, schüttelt den Kopf, dann meint es: „Ich weiß nit; immer in fünfhundert Jahren ist da ein großer Wald, dann wieder ein See, dann ein Dorf und blühende Felder – und dann wieder Wald und Wasser . . .!"
Das Wesen verschwindet wieder, auf fünfhundert Jahr"[1]).

1) Fußnoten 1–9 siehe Quellennachweis S. 149

Da ist aber einer gewesen, der hat – wie sie ihm das kleine Märlein erzählt haben – die Frage aufgetan, wie sie denn wissen könnten, was das Moosweiblein gesagt hat, wenn niemand dabeigewesen ist. Mögen sie nun geredet und gedeutet haben, wer wohl die seltsame „Fünfhundertjahr-Botschaft" gehört haben könnte – auf einmal ist zwischen Rachel und Neumark eine wunderliche Geschichte umgegangen – und der Dichter Hans Watzlik hat sie aufgeschrieben und an den Anfang eines Büchleins gestellt.

„. . . Drei Kohlenbrenner bauten sich tief drinnen im hintersten Wald einen Meiler. Wie die Sonne verging und die Tannen schwarz wurden, legten sich die drei so hin, daß sie die Köpfe beisammen auf einem Moossack hatten und die Füße nach allen Seiten hin reckten. Wie sie schliefen, schlich ein buckliges, halb verblindetes Moosweiblein daher; es stieg über die sechs Beine und tappte im Finstern nach dem Moossack. Da krauste es die Stirne und meinte: „Hm, hm, sechs Füße und ein Kopf! Jetzt denk ich den Böhmerwald schon neunmal Wald und neunmal Wiese und Wald; aber so was hab ich noch nit gesehen. Da muß ich heim und es meiner Großmutter erzählen, die ist neunmal so alt wie ich . . ."[2]).

Wenn einer ein Lied hört – und es geht ihm ins Ohr, pfeift er es bald nach – und hat schon seinen eigenen Takt in der Weise – ohne daß er es inne wird. Und wenn er ein Schalk ist, glöckeln auch schon ein paar Kapriolen in die alte Melodie, daß sie eigenwillig dahertänzelt.

So war es wohl auch mit der Sage, die – wer weiß wie lang es her ist – ein lustiger Dudelsackpfeifer den Leuten als ein absonderliches Abenteuer aufgetischt hat:

Drei Musikanten aus dem Land drinnen sind durch den Böhmerwald aufspielen gegangen. Da haben ihnen einmal die Sterne zu früh in die Hutlöcher geschaut.

Weil sie müd gewesen sind haben sie sich unter einen großen Baum gelegt, – die Köpfe zueinander neben den Dudelsack getan und die Füße nach allen Seiten gereckt. In der Finsternis hat es auf einmal in der Waldstreu geraschelt, was Graues ist um die Drei geschlichen und hat geraunt und gebrummelt: „Ein Fuß . . . Zwei Füß . . . drei Füß . . . sechs Füß spür ich und keinen Kopf kenn ich!"

Da hat der eine Musikant zwischen Lachen und Fürchten den Dudelsack aufgeblasen. Das Wesen ist erschrocken und hat im Davonlaufen laut gekärt: „Sechs Füß – kein Kopf – und so eine Stimm – Jetzt weiß ich da schon siebenmal einen Wald und siebenmal einen See! – aber so ein Viech hab ich noch nit gesehen!" – Wie die Drei das gehört haben, ist es ihnen doch zu scheusam gewesen und sie sind durch die Stämme geschlichen bis es hell geworden ist.[3]).

Es mag nicht allzu lang hergegangen sein, bis man auch im südlichen Böhmerwald erzählt hat, wie das Moosweibel vor dem Dudelsackgickser sich geschreckt hat; schon, weil es ja der Musikant mit dem lachenden Mund sicher überall herumerzählt hat. Und es war noch nicht der Mond voll, hat man die Geschichte in allen Walddörfern gewußt, wo es schon längst bekannt war, daß im Donnerwinkel, vor Zeiten, ein Moosweibel drei Kohlenbrennern über die Füße getappt ist. –

Nun waren es schon zwei, die gehört haben wollten, was das Moosweibel über das Alter des Böhmerwaldes zu raunen wußte: Die Kohlenbrenner und die Bettelmusikanten. Kein Wunder, daß diesen es jene nicht gönnen mochten, denen auch oft die Nacht im Wald um die Ohren rauschte! Unterm Osser, wo auf den grasigen Blößen der Stierhüter sommers über hauste, wo der Aschensieder, den die Glasmacher nach dem Fluß schickten, oft tagelang nicht aus dem Wald heim-

kam und wo auch der Holzhauer für manche Nacht sein Lager unter einer Wetterbuche richten mußte – dort unter den Osserriegeln, konnten doch die alle grad so gut das Geisterstimmlein gehört haben! –
Da dustert in der Erinnerung eine pfeifenrauchdurchwehte Bauernstube, wo sie abends gerne saßen, die Holzhauer, Schwärzer und Stierhüter, ihren Ebereschenschnaps tranken, den der alte Hüttenhoferer heimlich brannte, und in alten Geschichten kramten. Es geht sitzweilig friedsam her in dieser Stube – aber wie einer auf die Geschichte vom Moosweibel und den beiden Flußsiedern kommt, trumpft der graustruppige Stierhiesl dagegen, daß er die Buben vom alten Fenzl Sepp noch gekannt hat, dessen Vater – meiner Seel und Gott – die Sach noch selber auf den Blößen unterm kleinen Osser erlebt hat. Doch da pumpern es mit ihren pechigen Fäusten die Holzhauer auf die Tischplatte: „Gewiß sind es einzig und allein die zwei Holzhauer von der alten Hütte gewesen, denen das Moosweibel leibhaftig untergekommen ist – und das ist im Bärenloch hinten gewesen – und her ist es schon gute hundert Jahr."
Ich sehe sie noch um den großen Tisch im Herrgottswinkel sitzen, höre, wie sie alle erzählen, durcheinander, immer dem anderen die Rede vom Bart reißend und verändert zurückschutzend, wie sie von dem Moosweibel allerhand krause Wortspiele wissen und stolz auf den Stockzähnen lusen, wenn den anderen einen verblüfften Atemzug lang die Luft wegblieb: „So ist's gewesen und nur so – und nicht anders!"
In dieser Stube wurde mir staunendem Studentlein bewußt, wie eine kleine Überlieferung, wenn sie auf den rechten Boden gerät, sprießen und blühen kann. Da war es, das Lebendige der Sage – die „Biologie der Sage" (wie Friedrich Ranke sagt, der eine der ersten historisch-kritischen Sagenmonogra-

phien geschrieben hat). Und so habe ich mir später die Moosweibel-Abenteuer der Flußsieder, der Stierhüter und der Holzhauer aus dem Geschichtendickicht herausgeschält: Der einäugige Stierhiesl hatte damals bei dem Gewörtel am lautesten aus seinem grauverstruppten Bart geröhrt und wie er dann seine Geschichte hindröhnte, ist es mir bewußt geworden, daß sie alle es auch glaubten, was sie erzählten:
„... In einem Sommer, in dem man schon auf Maria-Schnee die Kornmandln im Wald zählen konnte, wollten die zwei Stierhüter auf den Osserwiesen in einer hellen, warmen Nacht nicht in ihre Hütte steigen und nächtigten am Kamm. Sie legten sich in einen „Leckbaum", daß sie mit den Füßen gegeneinandertraten und ihnen die Köpfe über den Baumrand standen. Im Zwielicht sahen sie ein Moosweiblein daherschleichen; das fand die zwei da liegen, betastete den kühlen, hölzernen Baum und die warmen Köpfe und suchte davon: „Das ist ja zum Grausen"! sagte es, „zwei Köpfe und kein Fuß! Siebenmal schon kenn ich den Berg voll Wald, voll Steiner und Wiesengras und wieder Wald. Aber von so einem Viech, das zwei Köpf hat und keine Füß, hab ich noch nichts gehört.[4]).
Der Sägferdl hatte immer ein Irrlichtern in den Augen, wenn er allerhand von Druden und Hexen wußte; daß sein Urahnl als Flußsieder dem Moosweibel begegnet sein sollte, das mußte er gleich nach dem Stierhiesl auftischen, schon weil es ganz gewiß wahr gewesen ist:
„... Zwei von der Klammerloch-Glashütte sind einmal hinauf in den Wald „Flußsieden" gegangen. Sie schmolzen die stärksten Bäume aus, und mitten in ihre Arbeit fiel die Nacht. Weil es kalt war, schloffen sie in einen ausgebrannten Baumstamm, um Hunger und Waldnacht zu verschlafen. Sie waren so in den Stamm gekrochen, daß ihre Köpfe aneinander

stießen und ihnen die Füße in die Waldstreu hingen. Weil die Bäume so laut rauschten, konnten sie nicht einschlafen. Wie sie nun so miteinander redeten, hörten sie ein Wesen daherkommen, das strich um den Stamm, zählte die Füße und brummte: „Jetzt denk ich den Wald schon siebenmal zu Wies, Feld und wieder Wald. Aber so ein Ding mit vier Füßen und keinem Kopf hab ich noch nit gesehn! Das muß ich meiner Urahnl erzählen! Die ist siebenmal so alt wie ich . . .!"[5]).

War das Moosweibel bisher nur oben in den Osserwäldern um die Nächtigenden geschlichen, muß es sich doch einmal in die Schluften unterm Falkenstein verirrt haben.. Ich habe noch lange die singende, bedächtig hinfließende Stimme des alten Pscheidl Pauli im Ohr gehabt, mit der er versichert, er allein könne es sagen, wie es wirklich gewesen ist; weil es ihm – wie er ein kleiner Bub war, – die uralte Kasparin vom Frischwinkel erzählt hat. Und die ist noch eine gewesen, die nicht nur das Ansprechen gekonnt hat. Und so hat es der Pauli von der Kasparnähnlin gehört:

„Selmals, wie die Bäume im Bärenloch, dem Falkenstein zu, noch so dick gestanden sind, wie das Gras um Johanni, ist den zwei Holzhauern, die wochenüber in der Hütte unterm Ruckwiesschachten gehaust haben, der Tag zu kurz für den Heimweg geworden. Sie haben in der Finsternis nimmer gewußt, wo sie sind und haben sich ein Nachtlager gerichtet. Und weil sie vor Kälte schon ganz starret gewesen sind, haben sie die Füße in den großen Sack gesteckt in dem sie sich das Essen für die Hüttentage gebracht haben. Wie es grau geworden ist, haben sie gespürt, daß Etwas um sie herumtappt. Und auf einmal hat es zu reden angefangen: Schon neunmal kenn ich den Böhmerwald zu Wasser, Wies und wieder Wald. Aber ein Viech mit zwei Köpfen und keinem Fuß hab ich noch nit gesehn. Mein Ahnl hat recht: Er ist Zeit, daß wir sterben!"[6]).

Sie sind nimmer ins Bärenloch zum Holzschlagen gegangen, die zwei . . .

Wieviel hundert Münder mögen an den Moosweiblgeschichten gedeutet und gebastelt haben, in wieviel Rockenstuben haben sie die Spinnräder drehen helfen und in wieviel hundert Nächten mögen sie Kindern den Schlaf in die Augen erzählt haben, bis einer kam, der aus diesen Märlein das Moosweibl vertrieb. Und das war wohl einer aus dem Nordwald wo die Riesen einst hausten und sogar die Sterne in mancher Nacht wie drohend über den Waldschluchten stehn. Der Heimatforscher Josef Blau hat eine alte Handschrift in Schachen bei Köpferschlag gefunden und in der konnte man lesen:

„. . . Zwei Holzhauer arbeiteten weit hinten im Wald. Da der Heimweg lang und der Abend kurz war, stiegen sie jeden Samstag ins Tal und holten sich das Essen in einem großen Sack. In einer nebeligen Freitagsnacht krochen die zwei vor Kälte und Nässe in den Sack. Um die Mitternacht kamen zwei riesige Männer daher, die sahen die zwei im Sack daliegen und schauten einander lange an. Sie sagten aber nichts. Nach einer finsteren Weile hob der eine den Fuß und wälzte den Sack seinem Nachbarn zu; der rollte ihn wieder zurück. So trieben sie lange das stumme, grausige Spiel. Jetzt sagte einer: „Dreimal kenn ich den Berg! – Da ist ein Wald, dann ein Feld, und ein kleines Dorf und dann wieder ein Wald! Aber so einen Leib mit zwei Köpfen hab ich noch nie gesehn!" Dann verschwanden die zwei wieder in der Finsternis . . ."[7]).

Der lustige Musikant aber, der vielleicht als erster die Sage aus den dunklen Osserwäldern in die hellere Stifterlandschaft an der Wulda getragen hat, hätte sich noch mehr wun-

dern können, hätte er gehört, was man sich im Nordwald erzählte, wo man in den Losnächten noch die Hexen und Druden bannte und in der Christnacht die Brunnen fütterte. Da war auf einmal aus dem sanftstaunenden Moosweibel ein greulicher Wechselbalg mit Froschaugen und einem dicken Kropf geworden, den eine zauberkundige Zwergin einer armen Mutter in die Wiege vertauscht hat. Weil der abscheuliche, plärrende Untam nimmer zu erfüttern war hat ihm – wie Hans Watzlik in seinem Böhmerwaldsagenbuch erzählt – die verzweifelte Frau einen Sud in einem leeren Hühnerei eingegeben. Da konnte das grausliche Wesen aufeinmal reden und sagte: „Ich bin so alt, wie der Böhmerwald. Und hab in meinem Leben solchen Brauch nit gesehen."
Da hatte sich der Wechselbalg verraten und verschwand. Die hexenhafte Zwergin aber mußte der glücklichen Mutter ihr liebes Kind wieder zurückbringen.[8]).
Gar blutrünstig und grausig-grotesk aber – als wär sie erst jetzt, in unserer Zeit, erdacht worden – hört sich die Sage an, die Hans Watzlik einst in einer Gegend gehört haben muß, in der man noch an allerlei schreckhafte Wesen glaubte:
„... Drei Männer hatten im Herbst im Walde zu tun. Wie sie sich hinlegten und rasteten, steckten sie alle drei die Füße in einen Sack, weil es kalt war und regnete. Kommt da ein steinaltes Waldweib daher, schaut sich die drei an und meint: „Da denke ich schon neunmal Wald und neunmal Wies. Aber ein solches Vieh hat die Welt noch nit gesehn. Ich will schleunig um eine Hacke rennen. Zwei Köpfe schlag ich ab und mach drei Füß draus; das wird hernach ein schöner Ochs zum Holzfahren!" Derweil das Weib die Hacke holte, nahmen die Drei die Füße über die Achsel und taten über alle neun Berge aus ..."[9]).
Vielleicht würde der Kern der Sage – so meinte ich damals,

als ich ihrem vielfältigen Sprießen nachspürte, – noch manche Schößlinge treiben, grüne und krause auch, weil er tief im Heimatboden wurzelt.
Aber wer kann sagen, ob im Böhmerwald heute noch einer lebt, der sie kennt – und wer, ob sie nicht von denen schon vergessen ist, die sie kannten und nicht mehr dort leben dürfen?

Das Licht vom Hansbauernhof

Wie um das Jahr 1920 eine Sage entstand

Als ich im Jahre 1925 in der Zeitschrift „Deutsche Heimat" die Ereignisse schilderte, die fünf Jahre zuvor sich um so eine Lichterscheinung rankten, daß schon eine vielerzählte Mär darausgeworden war, hatte ich unter dem Titel „Das Licht vom Hansbauernhof" – etwas voreilig wohl – geschrieben: „Vom Werden einer Sage." – Und es war nicht nur ich, der dies dachte, sondern auch die beiden schriftstellernden Junglehrer Sepp Skalitzky und Josef Frehmut, die mit mir alten Märchen und Sagen der Waldheimat nachspürten. Wir konnten damals nicht ahnen, daß zwanzig Jahre später die Böhmerwäldler als Vertriebene in alle Welt zerstreut sein würden und glaubten es fest: In fünfzig Jahren wird das Gerede um das Licht vom Hansbauernhof eine Sage geworden sein. Eine richtige Sage, wenn auch im Munde der Leute das alte Motiv vom geisternden Licht verkannt und verdreht wurde, daß nicht der Böse, der Schuldige als Irrlicht geistern muß, sondern der Gekränkte als anklagendes Licht umgeht. Damals, als sich im Eisenbachtal und jenseits der Wasserscheide im Angeltal die Ereignisse so seltsam ineinandergefügt hatten, daß sie im Künischen Wald zu einer scheusamen Geschichte geworden waren, hab ich geschrieben:
„In fünfzig Jahren wird es eine Sage sein, wie alle anderen. Man wird das Grab nicht mehr wissen, in dem der alte Hansbauer liegt, ja nicht einmal mehr seinen Schreibnamen. Aber das Sagen von seinem armen Sterben und seiner ruhlosen Bauernseele wird unter den Wäldlern gehn."
Angefangen hat es ein Jahr nach dem Ersten Weltkrieg:

Zwischen Kornschnitt und Grummetmähen – am Eisenbach hängen die Nebel in den Stauden und überm Falkenstein steht großmächtig der Venusstern – geht der Bärensepp vom Hochzeitladen heim. Er denkt, wie es hoch über den Sommer hinaus ist, und daß die Felder, an denen er geht, schon lang zum Schnitt zeitig sind. Da sieht er im Zwielicht einen bloßhäuptig im Feld stehn und über die Ähren streifen. Der Sepp bleibt stehen, nur den schmalen Rainsteig zwischen sich und dem Barhäuptigen und meint jetzt den alten Hansbauer zu erkennen, der gebückt durchs Korn watet und mit den Händen die Ähren prüft. Wie er ihm ein Grüß Gott zurufen will, wundert er sich, daß der Bauer immer verwehter ins Felddämmern schwindet. Und jetzt wird er's auch inne: Er hörte ja gar nicht die Halme rauschen und es ist so still, daß er seinen eigenen Atem spürt.
Im Wirtshaus erzählt der Sepp zwei Tage später, so im Hin und Her, wie er den alten Hansbauer schier scheusam durch die Körner waten sah. Da lachen sie ihn aus, er wär wohl zwischen Dustern und Siechstmichnit dem „Bilwiz" begegnet, denn der alte Hansbauer hätte wohl zu dieser Stund keinen Doktor mehr gebraucht. Da weht es ihm kalt über den Bukkel, er zahlt und geht heim.
Wie der Bärensepp dann gegen die Pampferhütte zustapft, ist ihm richtig zum Fürchten; und es fällt ihm ein, daß Leute schon lange davon geredet haben, wie ungut das Hausen zwischen dem Jungen und dem Alten gewesen ist, seit der übergeben hatte. Ja, oft soll ein wilder Zorn gewesen sein im Hansbauernhof. Und Zorn frißt. Man hatte sich gewundert, wie der Alte zusammengegangen war, in der letzten Zeit. Keiner hätte in ihm den wiedererkannt, der er früher gewesen ist: zäh, dürr, mit pludernden Hemdärmeln bei jedem Wetter, stangengerade, wenn er auch zwanzig Halbe hinter der Gur-

gel hatte ... Da wird einem kalt bis ins Bein, wenn man den Alten gesehn hat, wie er in seiner Sterbestunde durchs Kornfeld gegangen ist.
Wie der Bärensepp im Fasching wieder über die Spitzberghänge auf eine Hochzeit laden ging, ist der alte Hansbauer noch immer umgegangen; aber in anderer Weis: Acht Tage nach dem Begräbnis des Alten hat sein Nachbar vom Stinglhof eine feurige Kugel gesehn, die über die Wiesen tanzte und an der Flurgrenze verging. Es ging nicht lange her, hörte man es an den Biertischen, der Hansbauer, der an seinem Sterbtag dem Bärensepp als Korngeher erschienen war, weihitze jetzt als Irrlicht über die Feldbreiten.
Das Licht aber, das sie als den Geist des Anklagenden deuteten, war wirklich da. Man hatte es schon in früheren Zeiten gesehn: An einem Spätwinterabend, vor dem großen Kriege, hat es die Einödbäuerin von der Deffernicker Höhe erschreckt. Es war zur Futterzeit, vom Tal herauf fuhr ein schwüler Wind, da hielt es der Bäuerin auf der Gred den Atem, wie an der Spitzberglehne ein großes Licht hinfuhr, als ob der Zug aus dem Tunnel gefallen wäre und jetzt an den Lehnen durch die Bäume rase.
Im Sommer darauf, als sie in Sarajewo den Thronfolger erschossen, hatte es der Haller Nedl gesehen, wie es leicht und schnell gegen Dorfeisenstein zuglitt. Damals glaubten die Leute, das große Sterben habe sich angedeutet.
Es waren noch mehr, die das Licht gesehen haben wollten. Und weil es der junge Lehrer Sepp Skalitzky von der Dorfeisensteiner Schule einmal selbst beobachtet hatte und darüber gar in der Zeitung schrieb, kamen Gelehrte ins Tal, fragten und suchten und rieten zum guten Ende auf „Elektrizität infolge der Potentialdifferenzen an der oberen Grenze der am Boden aufliegenden Kaltluftschicht".

So war es schwarz auf weiß in der Zeitung gestanden, schon zwei Jahre vor des alten Hansbauern Tod. Aber die Leute kümmerten sich jetzt nicht mehr darum. Das Licht war da – und mochten die Neunmalgescheiten es drehen und deuten, wie sie wollten, das Licht ging nach des Hansbauern Tod um. Der Stinglhofbauer hatte es gesehen, dem Kutscher vom Spitzberghotel war es begegnet in einer stockfinsteren Nacht; Hochzeitleute schreckte es, wie sie um Mitternacht heimgingen und den Totengräber, der beileib kein Tumirnix war, hat die Angst gebeutelt, wie es einmal still und groß neben ihm herschwebte, bis an die Grenze der Hansbauerbreiten; dort war es plötzlich mit einem Seufzer vergangen. Und in einer sternfinsteren Märznacht, die voll Wind war, ging die Störnäherin vom Panzer nach einem mühseligen Tag den Girglhofsteig hinauf. Wie sie zu dem Kreuzweg kam, wurde es hell um sie, vom Hansbauernhof her kam ein blaues Licht auf sie zu und blieb still und blendhell in der Luft stehen. Wie die Näherin über die alte Hofgrenze kam, war das Licht erloschen und es war wieder stockfinster ringsum. Aber oben, auf der Panzerhöhe, sah die Verängstigte das Licht wieder vor dem Stadel am Hansbauernhof.

Das war just in den Tagen, da im Tal unter Spitzberg und Panzer mancher Bauer nimmer bleiben mochte. Es war eine böse Zeit. Der verlorene Krieg hatte neuen Herren das Gebirg in die Hände gespielt, sie kamen, bauten Häuser und Villen und spielten sich auf, daß es den Deutschen den Atem schnürte.

Die Felder waren verkommen während die Männer oft jahrelang an den Fronten standen. Wer wieder heimgekommen war und von vorne anfangen wollte, dem schlug der Himmel Sense und Pflug aus der Hand; die Sommer waren verregnet, der Hafer schon in den ersten Herbsttagen verschneit und noch im späten April glöckelten die Schneewasser vom Dach. Die grundlüsternen neuen Herrn bedrängten die Nothaften dazu mit so hohen Steuern, daß sie sich nimmer hinaussahen. Und weil sie spürten, wie man ihnen das Land unter den Händen wegreißen wollte – und weil sie Himmel und Erde auch noch verließen – sah sich mancher nach einer neuen Heimat um. Da sind es – so meinten sie – dann schöne Reden, von Vätererde und altem Bauernboden. Im abgetrennten Österreich war noch gutes Land zu haben.

Im Herbst verkaufte der Godlbauer. Bald darauf zog der Kressenbauer ins Land ob der Enns. Im nächsten Frühjahr packte der junge Hansbauer und reiste auf ein Gütl im Österreichischen.

Was eine Sage werden will, das fügt sich die Dinge, wie es sie braucht: Da war das Gerede von Zorn und Tod des alten Hansbauern, der bei seinem Sterben dem Bärensepp erschienen war; da war das Licht, das in schwarzen Nächten um den Hof strich und da war der Fortzug des jungen Bauern von Hof und Feld. Das hätte für eine Sage jener Tage schon gereicht. Aber es sollte ihr noch ein besonderer Schluß zuwachsen, weil sich jenseits der Wasserscheide das Seltsame begab: An einem krähendunklen Aprilabend voll Regen und Sturm ging der Sägferdl von den Fenzlhäusern zur Nachtschicht in die Kreuzwinkler Pappenfabrik. Wie er so vor sich hinfluchte, stand auf einmal ein Schein zündhell über seinem Zorn. Eine feurige Garbe mit einem zischenden Funkenschwanz huinte über ihn hin, daß er vor Schreck und Blendnis in den Straßengraben stolperte. Der Ferdl hatte schon manch Scheusames von dem fliegenden Saudrach gehört, der nächtens wie ein brennender „Strohwisch" durch die Luft fährt und meinte nun, jetzt habe er halt auch einmal etwas gesehen, von dem man sonst nur redete. Wie er sich aber in der

Fabrik die Nässe aus der Joppe beutelte, erzählte einer, daß ihn ein großes, sausendes Licht zu Tode erschreckt hätte. Der aber war von der anderen Seite aus dem Frischwinkel her gekommen und hatte den Feuerwisch aus dem Tunnel fahren sehen; ehe er sich recht besonnen, war das funkende Ungeheuer über ihn weg gefeurizt und tat sprühend den Waldhang hin ins Angeltal.

Der Ferdl, der sonst nicht ein Wort zu viel aus dem Mund nahm, erzählte jetzt auch, daß ihm das gleiche feurige Ding begegnet war, vom Mathiesriegel her und wie es dann das Tal entlang der Eisenbahn nachtat.

Es wäre wohl dabei geblieben, daß über beide ein Meteor als „Saudrach" geflogen war, als Feuerdrache, von dem man in jener Zeit noch manche Mär hörte, wenn nicht einer in der Fabrik gearbeitet hätte, der von drüben, aus dem Eisensteiner Tal war. Der brachte gleich die feurige Fahrt mit dem Licht um den Hansbauernhof ins rechte Geläuf, zumal die jungen Hansbauernleute gerade mit der Bahn ins Österreichische gefahren waren. Und so ist einer Eisensteiner Begebenheit auf seltsame Weise ein Hammerer Schluß gekommen. Bald darauf erzählte man in beiden Tälern wie das Licht vom Hansbauernhof den jungen Leuten nachgereist ist.

Und wenn es heute im Böhmerwald noch eine deutsche Schule gäbe und ein Lehrer sagte den Kindern, sie sollten ihm eine Sage aufschreiben, wie man sie manchmal noch hört – vielleicht fände er auf einem Blatt so das Licht vom Hansbauernhof erzählt:

Einmal – es soll nach einem großen Krieg gewesen sein – hat auf einem Hof unterm Spitzberg, wo es zum Hansbauern geheißen hat, der alte Bauer übergeben müssen. Nachher ist er den Jungen immer und überall im Weg gewesen und sie haben es ihm hart spüren lassen. Das ist dem Alten so ans Herz gegangen, daß er bald gestorben ist. Er war aber noch keine drei Tage unter der Erde, ist ein Licht um den Hof gegeistert. Da haben die Leute gewußt, der Alte geht um, weil sie ihn so schlecht gehalten haben und ihm nicht einmal den Pfarrer geholt haben, wie er im Sterben gelegen ist. Die jungen Leute haben vor dem Licht und dem Gerede im Dorf bald keine Ruhe mehr gehabt. Sie haben den Hof verkauft und sind weit weg ins Österreich gezogen. Da ist auch das Licht davon, man hat es der Eisenbahn nachfliegen gesehen, durchs Tunnel ins Angeltal, über Klattau und Budweis ins Österreich hinunter, wo der neue Hof gestanden ist.

Seither hat am Spitzberg kein Licht mehr geweihitzt.

Es mag sein, daß einmal irgendwo, in einer Landschaft, die weit ist und ohne Hügel und Baum, um das Abenddämmern ein greiser Mund erzählt: „Das hat der Sägferdl erlebt, den mein Großvater noch gut gekannt hat, vor Zeiten, daheim, im Böhmerwald . . ."

Und die Kinder, die nichts ahnen von dem weiten Auf und Ab der Wälder, werden mit großen Augen fragen: „Großmutter, was ist das, – der Böhmerwald?"

Die Legende

Aus alten Heiligenbildern
hol ich die Farben mir;
wie Bauern das Rätsel schildern
so komm ich fromm zu Dir.

Ich weiß die alte Wehmut
um des Lebens letzten Sinn
und knie in scheuer Demut
vor allen Wesen hin.

Ich male die Wunder ins Leben,
so wie Deine Einfalt es will;
ich kann Dir nur Bilder geben,
denn die letzten Dinge sind still . . .

MARIA UNTER DER HOLLERSTAUDE

Die alte Kasparin erzählt drei Legenden

Daß mir die drei so ans Herz gewachsen sind, die frühlingsfrühe Hasel mit ihren fröhlichen Fähnchen, der weißschäumende Hollerstrauch, der die Sommerabende mit dem schweren, herbsüßen Ruch erfüllt, und das gespenstische Wichtelwesen der Wacholderstauden, die im Abendwind wie lauernde Räuber und Geister hinter den Steinen hockten, daran hat eine alte „Weise Frau" im Donnerwinkel ihr Teil. Von ihr habe ich für meinen ersten Aufsatz über „heimatliche Legenden", den ich als kleiner Gymnasiast in den Weihnachtsferien schreiben sollte, zum ersten Mal gehört, wie kindlich fromm die Wäldler mit allem, was um sie wächst, ihren Glauben verlebendigen.

*

„Omei, da mußt mir schon sagen, Bub, was für Gschichtln Du mit Deinen waldlerischen Legenden meinst!" sagte die alte Kasparin von der Fenzlsäge, die schon einigen hundert Leuten im Donnerwinkel und im Angeltal ins Leben geholfen hatte, und auch mich in den Händen hielt, als ich an einem Junimorgen meinen ersten Schrei tat. So hat sie sich wohl zuerst an die Legende von der Hollerstaude erinnert, als ich ihr erklärt hatte, was ich hören wollte:
„Damals, wie alles glücklich vorbei gewesen ist, und wir Dich in die Wiege gelegt haben, hat Deine Großmutter das Fenster weit aufgemacht, daß Du gleich die gute Waldluft kriegst. Da hat der warme Wind den Ruch von der Hollerblüh so dick hereingetragen, als ob wir im Garten unter den Stauden ge-

sessen wären. Ich habs für ein gutes Vorbedeuten genommen, weil Du gleich tief den Atem von unseres „Herrgotts Apotheke"*) eingeschnauft hast. Und weil auch Unsere Liebe Frau auf der Flucht nach Ägypten unter einer Hollerstaude gerastet hat:
War da die Heilige Familie schon stundenlang im Sonnenbrand über Sand und Stein gezogen und war kein Grünes ringsum und kein Dach zu sehen. Da brach dem heiligen Josef ein brunntiefer Seufzer hoch, der Herrgott mög doch der armen Maria und ihrem Kindl helfen. Und wie er noch meinte, die Sonne narre ihn, schäumte es ihm von weitem weiß vor einem schwarzen Felsen entgegen. Das waren die blühenden Scheiben einer Hollerstaude.
Sie haben dann in ihrem Schatten gerastet und die heilige Maria ist vor Müdheit eingeschlafen. Da hat ihr geträumt, sie müßten mit dem Jesuskindlein so viele Jahre im fremden Land bleiben, soviel Hollerblüten in ihren Schoß fallen, bei dieser Rast. Und wie Unsere Liebe Frau munter geworden ist, wehte es vier kleine, feine Blütensterne aus einer Dolde auf ihr blaues Gewand. – Am Hause des heiligen Zimmermanns Josef in Nazareth haben dann, als sie wieder daheim waren, auch Jahr für Jahr vier Hollerstauden geblüht . . ."

*

*) „Unseres Herrgotts Apotheke" nannten die Böhmerwäldler den Holunderstrauch, weil er „für jeden Wehdam", jede Krankheit, eine Medizin barg: Heilenden Tee aus den Blüten, wirkendes Latwerg aus den Beeren, selbst die jungen Blätter und das Holundermark wurden gegen Krankheiten verwendet.

„ . . . In jenem Jahr, wie Du auf die Welt gekommen bist, hab ich schon im Auswärts gewußt, daß es diesmal bei uns viel Kinder geben wird. Weil da die Haselnußstauden gar so dick geblüht haben. Die Immen, die „Vögel Unserer Lieben Frau" sind um sie wie eine summende Wolke gestanden. Ist ja auch eine Liebfrauen-Staude; und da kann das Wetter schlecht sein, wie es nur mag; an jedem Samstag steht sie in der Sonne. Und wenn's nur einen Atemzug lang ist. Weil die Muttergottes in Ägypten immer am Samstag auf einer Haselstaude die Windeln für ihr heiliges Kindl getrocknet hat. Drum schlagt auch kein Blitz ein, wo eine Haselnußstaude steht . . ."

*

Als mir die Kasparin das an jenem grauen Winternachmittag erzählte – ihre altersbraunen, harten Hände, die schon soviele junge Leben behutsam ans Licht gebracht hatten, spannen dabei unentwegt den zausigen Flachs – kam ihr Enkel, der Pauli, in die Stube und fragte, ob noch ein paar Kranwittstauden da wären. Die Fenzlsäger hatten kürzlich geschlachtet und nun hingen die Selchstücke im Rauchfang. „Der Wacholder" – grinste der Pauli zu mir her – „wie die Herrischen sagen, der Wacholder macht die gselchte Sau noch golder!" . . . Seine Ahnl aber hatte jetzt noch einen anderen Faden für mich in die Finger bekommen:
„Siehst, die Kranwittstaude, die hat im Leben Unserer Lieben Frau aber nichts Gutes bedeutet. Sie tragt einen Fluch, hat meine Mutter immer gesagt; und ihr Holz taugt zu nix als zum Verbrennen, weil daran unser Herrgott gestorben ist. Freilich, die Beeren, die haben oft ein rechtes Wirktum in sich; aber die sind auch von dem Fluch erlöst, – weil sie das Kreuzzeichen tragen.

Der Kranwitt ist einmal ein großer Baum gewesen. Und der größte im Heiligen Land ist auf dem Grab vom Abraham gewachsen. Wie der König Salomo seinen Tempel gebaut hat, wollte er das Holz von diesem Baum ins Dach einsetzen; aber die sperrigen Trümmer haben sich nicht einpassen lassen. Jetzt hat man damit einen Steg über ein tiefes Wasser gebaut. Der erste Mensch, der darüber gegangen ist, war eine fremde Frau; die hat auf einmal geschrien, sie wär nicht würdig, daß ihr Fuß das Holz betritt, an dem einmal der Erlöser der Welt hängen wird. Wie sie dem König das gesagt haben, hat der nach der Frau viele Boten ausgeschickt; aber man hat sie nicht mehr gefunden. Jetzt haben sie die Brücke wieder eingerissen. Und wie sie dann, bald tausend Jahre später, Jesum kreuzigen wollten und ein recht schweres Holz suchten, haben die Henkersknechte die eisenharten Kranwittbalken aus dem Wasser geholt. Und der Herr ist an das vieltausendjährige Holz geschlagen worden.
Der Kranwittbaum muß den Fluch dafür tragen. Er ist eine kleine, stechende Staude geworden, ohne Kern im Holz. Wenn man den Stamm durchschneidet, ist er in der Mitte faul und brandig. Man kann das Holz zu nichts brauchen, nur mit den Nadeln im erlösenden Feuer gibt es einen guten Rauch zu Gottes Ehr.
Die schwarzen Kranwitt-Beeren tragen das Kreuzzeichen, in alle Ewigkeit. . ."

Die armen Seelen von Schindelöd

Wie im Grenzwalde eine Legende entstand

Selten wohl mag der Tag der armen Seelen inniger und frömmer begangen worden sein als damals in Schindelöd, da die Leute in der frostkalten Winterfrühe nach dem jähen Tod des Wirtsknechtes Simon ihre Wachsstöcke anbrannten.
Die Kunde von dem raschen Ende des Knechtes und der seltsamen Fügung, die ihm ein gottseliges Sterben gab, fand bald von den Bergen ins Tal. Und am Sonntag nach Allerheiligen war das alte Wallfahrtskirchlein am verfallenen Grenzsteig schwarz von Menschen, wie vor Zeiten, als die singenden Wallfahrerzüge noch zur „Muttergottes von Schindelöd" pilgerten.
Das aber, was sie so ergriffen hatte, und wovon sie noch viele Jahre um die Allerseelenzeit in scheuer Ehrfurcht und Gläubigkeit sprachen, war bald im ganzen Wald bekannt; und sie nannten es nur das Wunder der armen Seelen von Schindelöd.
Noch in den Jahren nach der Vertreibung erzählte man sich so den Hergang dieser Begebenheit:
In der Nacht vor dem Allerseelentag – der Wind warf sich wild ans Pfarrhoftor und schlug an die Fensterläden – gellte dem jungen Pfarrer von E . . . die Torglocke jäh in die warme Stille der Bücherstube. Und als der Pfarrer das Fenster aufstieß und sich in die schwarze Sturmnacht beugte, konnte er wohl niemanden sehen, aber eine helle, fordernde Stimme rief ihn aus der windlauten Schwärze an und sagte, daß ein Todkranker in Schindelöd nach der Wegzehrung verlange.
Als der Pfarrer fragte, wer denn da oben am Sterben läge, kam

keine Antwort mehr aus der Finsternis, wohl aber klang drüben, am Mesnerhaus, die Stimme mit der gleichen Botschaft auf.
Nun war der junge Pfarrer erst seit kurzem im Amt und wußte wohl, daß nach Schindelöd gute drei Wegstunden in die Berge führten, die jäh hinter der kleinen Stadt gegen den Grenzkamm stiegen; aber er kannte noch nicht die Leute und Höfe ringsum und war so ein wenig ratlos ob der kurzen Botschaft. Da aber die beiden Kapläne gerade an diesem Tage schon etliche Gänge zu den Kranken und in die Einödschulen getan hatten, entschloß er sich rasch, selbst nach Schindelöd zu gehen. Der Pfarrer glaubte auch, der Bote habe dem Mesner wohl genaueren Bescheid gegeben; denn als er noch aus dem Fenster schaute, stand der Mesner schon mit der brennenden Laterne vor der Sakristei bereit.
So machten die beiden sich auf den Weg.
Es war eine finstere Nacht voll Schneetreiben und Wind, durch die sie gingen, auf steinigen, steilen Wegen, an breiten, schlafenden Berghöfen vorbei, durch Wald, der schwarz aus der Schwärze wuchs.
Die Stunden wurden ihnen zur Ewigkeit in dieser flockendurchwirbelten, sausenden Waldnacht, so daß der Pfarrer schon fürchtete, dem harrenden Sterbenden da oben könnte das Leben vertropfen, ehe er ihm den Trost seiner Kirche gegeben.
Als sie dann endlich die Einöde erreichten und nach einem Licht ausschauten, das ihnen den Weg weisen sollte, sahen sie nur die dunkle Winternacht auf der Waldblöße rasten. Nun erst erkannten sie beide, daß keiner von ihnen wußte, wer denn der Kranke sei, zu dem sie sollten, und daß jeder von ihnen geglaubt hatte, der rasche Bote hätte dem anderen gesagt, wer nach ihnen begehre.

So standen sie ratlos in der Nacht, in der nun auch der Wind stille geworden war. Und sie wußten nicht, an welche Tür sie klopfen sollten. Da schlug der Mesner vor, man könne vielleicht den Kranken im Wirtshause erfragen. Sie weckten die Wirtsleute und mußten hören, daß auch die nichts von einem Menschen wußten, der in Schindelöd auf den Tod läge. Dann liefen der Wirtsknecht und der Mesner von Hof zu Hof und von Tür zu Tür und erfuhren überall, daß alle Hausleute gesund und wohlauf wären.
Der Pfarrer hatte müde und frierend vor dem Wirtshaus gewartet, bis die beiden mit der seltsamen Antwort zurückkamen. Er wollte jetzt, bedrückt von dem Gedanken, daß ihn irgendein Übermut in diese Nacht gejagt habe, trotz aller Schwere in den Gliedern, wieder in die Stadt zurück, wenn auch die Wirtin in ihn drang, ein wenig zu ruhen und erst am Morgen ins Tal zu steigen; denn nun hatte es dicht zu schneien begonnen, und es lag schon weiß und schwer auf dem Dach und über den Wegen. Aber der Pfarrer wollte den Leib des Herrn wieder in die Kirche bringen, zumal in dem alten Wallfahrtskirchlein von Schindelöd der Altar verfallen und der Raum voll Mörtel und Steine lag. Im Herbst hatten Handwerker dort ihre Gerüste aufgeschlagen, um arge Schäden auszubessern, und waren dann nach halbverrichteter Arbeit wieder ins Tal gezogen.
Als man noch leise davon redete, sagte plötzlich der Wirtsknecht Simon, stockend und zaghaft, er würde gern noch in dieser Nacht beichten und den Herrgott empfangen, da ihn schon lange das Gewissen drücke und auch schon manch heiliger Tag im Lande gewesen sei, seit er das letzte Mal gebeichtet habe. Sie traten in die Stube, und der Pfarrer reichte dem Knecht das heilige Mahl.
Am Morgen aber – der Himmel begann hinter den Bergen zu

glühen, denn der Sturm hatte die Schneewolken ins Böhmische geschoben – weckte die Leute im Wirtshaus ein gellender, entsetzter Schrei. Und ehe sie sich den Schlaf aus den Augen gerieben hatten, hörten sie die alte Wirtin laut um Hilfe jammern. Sie kamen vor ihre Türen und sahen, daß der Simon, als er an seine Morgenarbeit gehen wollte, wohl noch vom Schlafe umfangen, über die steile Bodenstiege gestürzt war und jetzt leblos, mit weißem, blutendem Gesicht auf den Steinfliesen im Vorhause lag. Sie trugen ihn in die Stube, und ehe noch der Pfarrer die Sterbegebete gesprochen hatte, war der Simon hinüber.

In der Stunde seines Sterbens aber ward nun allen die seltsame Fügung bewußt, die dem Simon noch vor seinem unverhofften Tode die Not seiner Sünden genommen hatte.

Und sie standen mit hellen Seelen im dunklen Morgen.

Den Leuten von Schindelöd aber wurde dieser Allerseelenmorgen zu einer großen, wunderbaren Begebenheit. Und sie glaubten es tief in ihrem trostbangen Herzen, daß die armen Seelen dem Knecht Simon, der ihnen immer an ihrem Tage eine geweihte Kerze geopfert hatte, zu einem gottseligen Sterben verholfen hätten.

So kam es, daß im Walde lange die tröstliche Legende lebte, wie die armen Seelen für den Wirtsknecht Simon den Pfarrer nach Schindelöd riefen ...

Hexenstrauben und schmalzresche Eingaben

Da war einst immer etwas Geheimnisvolles, schier Zauberhaftes, um den blühenden Hollerstrauch diesseits und jenseits des Grenzwaldes vom Osser bis zum Dreisessel.
Sagten die Niederbaiern: „Vor dem Holler zieht der Bauer den Hut!" – so mahnten die Böhmerwäldler unterm Osser gar: „Vor dem Holler muß man drei Kniebeugen machen!" Und im ganzen Grenzwald, hüben und drüben, hat der Holler schon immer „Unseres lieben Herrgotts Apotheke" geheißen.
Hört man da und dort noch ein altes Leut erzählen, hat es früher schier keine Krankheit gegeben, gegen die der Hollerstrauch nicht ein Helferts geboten hätte: Mit dem wehdamstillenden, schweißtreibendem Tee aus den Blüten, mit dem dickeingesottenem Latwerg aus den reifen Birln, den wund- und fieberkühlenden Blättern; ja selbst in dem Mark der jungen Triebe war Heilendes verborgen.
Bei soviel wunderhafter Heilsamkeit kann es kaum erstaunen, daß fromme Einfalt und noch schwelender Zauberglaube der Hollerstaude in der Johannisnacht besondere Kräfte zuschrieben und dabei Gut und Böse durcheinander brachten:
So erzählte man im Donnerwinkel unterm Osser, daß in dieser Nacht die aufgescheuchten Hexen um die Hollerstauden bei den einsamen Brechhäusern tanzen. Einmal hat einer sogar zugeschaut wie die es getrieben haben. Das ist ein Knecht von der „Stornhöll" gewesen. Bis ins Bein ist ihm kalt geworden wie da die Fetzen nur so geflogen sind. Und auf einmal sind von einer Hexe nur mehr Trümmer herumgelegen. Jetzt haben die anderen die Fetzen und Brocken wieder zusam-

mengesetzt; dabei haben sie gekudert und gekirrt, weil sie eine Rippe nimmer gefunden haben. Da hat eine von den Teufelsvetteln ein dünnes Asterl vom Hollerbaum gebrochen und dem Hexenluder halt eine hollerne Rippe eingesetzt. Viel später ist der Knecht dem Weib mit der hollernen Rippe auf einem Kreuzweg begegnet; da hat er sie gefragt, ob denn ihre hollerne Rippe nicht bald Strauben tragen tät. Da ist er von Stund an blind geworden. Und geredet hat er auch nimmer.

*

Von einem anderen Knecht ist auch eine Hexengeschichte gegangen; da sind aber nur Glut und Rauch übergeblieben: Auf einem Hof hinterm Kreuzwinkel, wo der Wald gar scheusam in die Fenster gedustert hat, ist kein Ehhalte länger als drei Wochen geblieben. Wenn es auch mit der Arbei recht kommod hergegangen ist und es an Geschmalztem und Geselchtem nicht gefehlt hat, – ein gruselndes Grausen hat sie davongetrieben.
Weil es sich schon im ganzen Künischen herumgeredet hat, auf dem Hof sei kein Bleiben, ist die Bäuerin auf einen Schlenklmarkt ins Stockböhmische gegangen. Hat dort auch einen Knecht aufgetan, einen ganz sauberen Kerl, der auch gut Deutsch verstanden hat. Für jeden Tag hat sie ihm das Essen verheißen, das er sich wünscht und einen guten Lohn dazu. Dem Burschen ist gleich ein Schwammerl hinter den Ohren gewachsen, wie er ein fettes Dinggeld von einem kleinen Ausflug ins Künische heimtragen könnt und er hat eingeschlagen. Drum hat er sich gleich am ersten Tag Hollerstrauben angefriemt, wo jetzt im Wald noch kein Knosperl genudelt hat. Aber er hat nicht schlecht geschaut, wie ihm die Bäuerin zu Mittag eine Schüssel voll schmalzrescher, goldgelber Hollerstrauben vorgesetzt hat.

Am zweiten Tag hat er die Bäuerin gefragt, ob sie ihm wieder Hollerstrauben backen möcht. Sie hat ihn nur überzwerch angelacht: „Wenns Dir so gut geschmeckt haben, kannst Du sie wiederkriegen!" Und ist in der Kuchel verschwunden. Da ist der Knecht doch neugierig geworden und ist der Bäuerin nachgegangen. Aber die Kucheltür war zugesperrt. Wie er durchs Schlüsselloch spitzt, steht die Bäuerin pudelnackt am glühenden Ofenloch, hält die brutzelnde Schmalzpfanne übers Feuer und spuckt hinein. Und bei jedem Speunzer wächst aus der Pfanne eine goldgelbe Straube hoch.
Jetzt hat den Knecht das wilde Grausen gepackt, er hat die Tür eingerannt und geschrien: „O, du Hex, du verdammte, Du Teufelshur! Gott soll dich stra. . ." eh er das Wort herausgebracht hat ist ein feuriger Teufel aus dem Ofen gefahren und den Knecht hat es durch die Luft geschleudert. Wie er wieder zu sich gekommen ist, sitzt er zuhöchst im Gipfel einer Lärche. Von dem Hexenhof aber ist nur mehr ein rauchender Aschenhaufen dagewesen.

*

Da ist die Geschichte von seiner Gnaden dem Herrn Landrichter, der sich die reschgebackenen Strauben vom blühenden Hollerstrauch gebrockt hat, schon appetitlicher.
Ist es auch schon lange her, so soll es doch wahr sein; man hat es sogar im ganzen Böhmerwald erzählt:
Diesem Herrn Landrichter ist ein Bürgermeister mit einem Anliegen schon richtig zuwider geworden. Der Landrichter hat, um endlich von den Penzereien Ruh zu haben, dem Bürgermeister bedeutet: „Eher kann man vom blühenden Hollerstrauch schmalzgelbe Strauben brocken, eh ich zu einer solchen Eingabe ‚Ja' sagen werd."
„Wenns um das geht, Euer Gnaden, da könnt ich schon dienen!" hat der schlaue Gäubodendickschädel gesagt und den

Landrichter gebeten, er möge auf seiner Dienstfahrt in der nächsten Woche die Güte haben, auf einen Kaffee zu bleiben. Es ist grad um Johanni gewesen und die Hollerstauden haben vor Blühn geschäumt.
Nun ist jener Landrichter nicht nur gestreng, sondern auch ein gestandener Altbaier gewesen und hat zugesagt.
Um den Hof des Bürgermeisters ist eine Wolke von Schmalz und Zimt gestanden, wie der Landauer des Landrichters über das Sträßel herzockelte. Der Bürgermeister hat den hohen Besuch zum gedeckten Tisch unter den blühenden Hollerstauden geführt, wo schon die Frau Bürgermeisterin mit der Kaffeekanne gestanden ist. Er ist noch nicht richtig im Ehrenstuhl gesessen, der Herr Landrichter, da hat der Bürgermeister ein weißes Tuch von der Staude gelupft und eine wahre Pracht goldgelber, süßduftender Strauben ist seiner Gnaden schier in die Kaffeetasse gehangen.
Nun wärs ja an seiner Gnaden gewesen, erstaunt zu sein; aber der war eben ein Altbaier mit Humor und Hirn, brockte sich, wie wenn's halt so sein müßte, Straube um Straube von den Ästen, und ließ sich's schmecken. Jetzt war's aber an dem schlauen Gäubauern, unruhig auf dem Stuhl zu wetzen, denn seiner Gnaden schien gar nicht mehr zu wissen, worum es vor ein paar Tagen gegangen war. Und er hat gestottert, wie hart es ihm und seiner Frau angekommen war, die Strauben an den Strauch zu zaubern und wie er sich höllsakrisch den Daumen verbrannt hat ; schier lamentiert hat er gar, ob sich seiner Gnaden vorstellen könnt, was es heißt, ein Becken mit glühenden Kohlen unter eine Pfanne mit Schmalzteig zu halten und diese beiden dann richtig unter die blühenden Hollerstauben zu bringen, daß es echte Strauben am grünen Ast gibt? So heiß hätte sich sicher noch kein Mensch um gütiges Gehör mühen müssen!

Der Landrichter hat sich wieder eine Straube vom Ast gebrockt, hat sie genüßlich ins Licht gehalten und so nebenhin gesagt: „Ja, das wär's ja, mein Lieber! ‚hingezaubert' sind die Strauben geworden; aber nicht von selber richtig gewachsen, wie ausgemacht! Oder?"
Dem sonst nicht gerade maulfaulen Bürgermeister hat es jetzt richtig die Red verschlagen; er hat den Gestrengen angestarrt wie einer, dem man den Stuhl unterm Hintern wegzieht. Da ist es die Frau Bürgermeister gewesen, die in die schwüle Stille gefragt hat: „Aber schmecken tuns doch, Euer Gnaden?" Und seine Gnaden hat gnädig geschmunzelt: So gut habe ihm noch keine Eingabe geschmeckt!

*

„Laßt halt den Holler nicht umsonst verblühen!" pflegte noch nach dem Ersten Weltkrieg ein weiser, alter Apotheker im Bayerischen Wald zu sagen, wenn die Leute in seiner altehrwürdigen Apotheke nach neumodischen Pülverchen und Pillen fragten.
Wenn er an seinem Stehpult in alten Kräuterbüchern blätterte, schaute ihm der Theophrastus Bombastus Paracelsus von Hohenheim aus einem braundunklen Rahmen an der hellen Wand zu.

Das Märchen

In wispernden Rockenstuben
binden sie mich zum Strauß;
ich schrecke die bösen Buben,
lach die ängstigen Dirnlein aus.

Schrätel, Riesen und Zwerge
vergruben mich im Wald;
mein Herz blüht über die Berge,
mein Blut ist nicht heiß und nicht kalt.

Aus Mondschein ist meine Haube,
aus Wurzeln flecht ich mein Kleid;
ich bleibe der milde Glaube
an die schönere Ewigkeit . . .

Marln erzählt man nur . . .

Der Tomandl'Nedl erklärt, warum alle Märchen gut ausgehen müssen

„Ja der Tomandl-Nedl, der wüßt' noch allerhand!" meinte der Aschenbrenner Sepp.
„Wennst halt den alten Tomandl-Nedl einmal fragerst", riet mir der Mathes-Luis.
. . . Ich wollte damals ein Märchenbüchl schreiben. Es war in den Jahren nach dem Ersten Weltkrieg, da Schriftsteller, Lehrer und Studentlein sich wieder zu den verschütteten Brunnen der Volksdichtung neigten. Und man hatte behauptet, es lebten wohl noch viele Sagen im Böhmerwald – aber einheimische Märchen, richtige Wald-Märlein, gäbe es fast keine mehr. Das wollte ich nicht wahrhaben. Und ging zum Tomandl-Nedl.
Es war ein Herbsttag voll südsilberner Bläue und rotgoldenem Laubbrand. Der Wald schrie vor Licht. Über die Bergwiesen stürzte es mir gleißend entgegen. Der Tomandl-Nedl hauste im letzten Häusl droben am Osserhang. Er saß auf der Gredbank und sog an der Pfeife.
„So – so – aufschreiben willst Du das?" –
„Damit sie nit in Vergessenheit geraten, die Märlein; sie sagen so schon, es gibt keine mehr bei uns!"
„So – sagen sie!" brummte er nur. Ich sah ihn von der Seite her an und dachte, wie man ihn jetzt malen müßte: den weißen, wirren Haarschopf überm ausgedörrten, braunledernen Gesicht und das ganze helle Licht des Herbsttages darum.
„Marln" – murrte er zwischen den Zähnen und schaute in den silbernen Himmel, als ob ich nicht da wäre – „Marln

kann man nur erzählen! Sowas liest keiner, der es braucht!"
„Wie meinst Du das?" fragte ich verblüfft.
„So wie Du's nicht verstehst!" sagte er fast grob. Dann wandte er mir aber sein schönes Gesicht zu und meinte begütigend: „Oder weißt Du, warum alle Marln gut ausgehn?"
„Alle"?
„Alle! Weil man sie braucht im Leben. Da hängen alle Wünsche dran. Im Märlein werden sie wahr. Und wird man selber nicht ganz fertig mit dem Leben, muß das einem sogar in den Lugmarln ein anderer ausraufen!"
„Kennst so ein Lugmarl, Nedl?"
„Grad gnug!"
„Erzähl halt!"
„. . . Da ist einmal im Frischwinkel hinten auf der Schmiede ein Gsell gewesen, dem ist vor Kraft alles zwischen den Fäusten geblieben. Jeden Amboß hat er in die Erde getrieben, jeder Hammerstiel hat nur einen Schlagl ausgehalten in seinen Pratzen und wem er die Finger ins Gesicht gewischt hat, der ist nimmer aufgestanden.
Einmal sind die Bären aus den wilden Arberwäldern her im Frischwinkel eingefallen; und gleich soviel, daß alle Leute auf und davon sind. Nur der starke Schmiedknecht hat sich nicht geforchten vor ihnen. Aus einer fußdicken Eiche hat er sich einen Tremmel geschnitzelt und hat faustgroße eiserne Pinken drangeschmiedet. Wie er damit vor die Tür kommt, ist schon ein Bär dagewesen, so groß wie ein Geißstall. Der Schmied ist auf ihn zugesprungen, hat mit dem Pinkentremmel aufgezogen und dem Bären mit einem Schlag das Hirn aus dem Schädel getrieben. Wie sich der Gesell dann umgeschaut hat, ist hinter ihm die Bärin gelegen. Auch maustot. Die ist schier noch größer als der Bär gewesen. Jetzt hat der Schmied erst gespannt, daß ihn das Vieh grad von hinten an-

packen wollte, wie er gegen den Bären soweit aufzog, daß er erst das Luder hinter sich erschlagen hat, ehe der Bär vor ihm hingewesen ist. Der Schmied aber hat noch ein paar von den Viechern erschlagen und die anderen sind auf und davon, ins Eisensteiner Tal, unterm Deffernik, wo's heut noch ‚Im Bärenloch' heißt."

Irgendwie war ich ein wenig enttäuscht; ich hatte mir so ein richtiges, ausgewachsenes wäldlerisches Lügen-Märchen erwartet, in denen sich die Phantasie nur so lauthals überschlägt. Der Tomandl-Nedl tat, als ob ers nicht merke und sagte so nebenhin:

„Das hat die Frischwinkler nicht weniger gefreut, wie der Heustock. Weil die Bären grad ums Heuget eingefallen waren, lagen noch die ganzen Heder auf den Wiesen. Der Knecht hat sie allein zusammengetragen und auf einen Schober getan, der so groß war wie dem Frischbauern sein Stadel. Und weil gerade ein Gewitter über die Seewände herzog, hat er den ganzen Schober auch gleich in den Stadel gelupft. Wie die Leute nach ein paar Wochen wieder zurückgekommen sind, haben sie es aus dem Stadel laut plärren gehört. Sie haben in dem Heu nachgegraben und sind auf ein großes Loch gekommen, in dem haben sieben Geißen gehaust. Hat der Schmied selmals mit dem Heuschober auch die letzte Ziege vom Frischwinkel erwischt; die hat sich da ins Heu einen Stall gefressen und nach und nach sechs Geißlein geworfen. So haben die im Frischwinkel den Winter über wenigstens eine Geißmilch gehabt . . ."

„Geht gut aus!" sagte ich nur. Der Nedl blinzelte: „Die anderen gehn noch besser aus. Das sind meist die von drei Brüdern, wo dann immer der Jüngste das größte Glück hat, weil's dem meist im Leben am hautigsten geht; der bleibt ewig das Knechtl oder wird ein Inmandl hinterm Hof seiner Leut . . .

. . . Da sind einmal auch drei Brüder gewesen und nur ein Hof. Wie der Vater zum Sterben war, hat er nicht gewußt, wem er den Hof geben soll. Drum hat er den drei Buben aufgetragen, jeder soll sich einen Hahn fangen. Die beiden großen Brüder haben gleich gespannt, daß ihnen die Hähne den Hof ausraufen sollen und haben nach den beiden stärksten Gockeln getappt. Der jüngste hat nur einen kleinen Jahrgikkerl gefunden, der sich gleich voll Angst in die Ecke gegnockt hat, wie die beiden Hähne zum raufen angefangen haben. Wie aber die Zornigen sich so ineinander verbissen haben, daß kein Flügelschlagen mehr hat helfen können, ist der kleine Gickerl dahergepludert und hat beiden die Gurgel durchgepeckt. Das aber haben jetzt die zwei großen Brüder nicht gelten lassen wollen. Drum hat ihnen der Vater aufgetragen, sie sollten vom Hanghübel die drei Blöcherscharen heruntertun. Und er hat gesagt: „Wer am ersten seinen Teil am Stadel hat, dem gehört der Hof gewiß!"
Da ist der Älteste gleich um die beiden Rösser in den Stall, der zweite hat sich schnell die großen Ochsen vor die Schloipfa gespannt und dem Jüngsten ist nur die Wahl zwischen den zugfremden Kühen geblieben, von denen er sich noch die magerste ausgesucht hat. Da haben die zwei den „falschen Gickerlgewinner" ausgelacht, sind auf den Hang hinauf und haben soviel aufgeladen, als nur grad gegangen ist. Der Jüngste aber hat erst am Stadel zwei feste Stangen eingeschlagen und ist dann bedächtig mit seinem Kühlein den Hügel hinaufgegangen. Oben hat ihm die Kuh ein Bloch nach dem andern bis zum Hangrücken geschleift, von wo dann die Hölzer von selber über den Hang zu den Stempen gerudelt sind.
Von den beiden andern ist der Älteste zuerst losgefahren; in der Mitte des Hanges aber ist ihm die Schleife gerissen, die

Fuhre hat die Rösser im Hohlweg erdrückt und wie der andere mit seiner vollbeladenen Schloipfa dahergekommen ist, hat auch er im Hohlweg nicht mehr weiterkönnen. Bis die zwei dann die Nachbarn zum Helfen geholt haben, ist der Jüngste schon lange Bauer auf dem Hof gewesen . . .
Solche Marln gibts allerhand; wie ich ein Bub war, haben wir sie in der Sonntagsschule erzählen dürfen; der alte Pfarrer Pfreindl hat seine Freude dran gehabt. Da fallt mir jetzt auch die Gschicht von den drei goldenen Äpfeln ein; die hat selmals der Pfarrer selber erzählt, der aus Deschenitz stammte und der letzte Pfarrer aus dem Böhmerwald im Böhmerwald war. Heut kommen sie von weit her, die geweihten Herren, und mancher kann nicht einmal gescheit deutsch:
. . . Da ist wieder einmal ein Vater gewesen, der hat drei Buben gehabt. Und weil er nur einem hat den Hof geben können, ist ihm das Herz recht schwer gewesen. Da hat ihm eine weise Frau geraten, er soll seine drei Buben zu dem Baum mit den goldenen Äpfeln schicken.
So sind die drei Buben losgegangen, über den Spitzberg und den Panzer hinüber, auf den Falkenstein zu und sind ins wilde Höllbachgespreng geraten, wo damals noch Zauberer gehaust haben. Wie sie zu dem Baum gekommen sind, haben ihnen die drei goldenen Äpfel schon durch die Waldnacht entgegengeleuchtet. Jetzt hat der Jüngere gemeint, daß sich jeder einen Apfel holen sollte; sie könnten so dem Vater zeigen, daß ihn jeder von ihnen gleich gern hat und sie könnten ja alle drei wie bisher in Frieden auf dem Hof hausen. Da haben ihn die beiden anderen ausgelacht. Wie sie aber auf den Baum gekraxelt sind und einer den anderen hat herunterstoßen wollen, da sind ihnen auf einmal die Hände an die Äste gewachsen und sie konnten sich nimmer rühren. Der Jüngste ist recht traurig gewesen über das, was seinen Brüdern

da passiert ist und hat sich unter den Baum gesetzt und überlegt, wie er den zweien helfen könnte. Dabei ist er eingeschlafen und im Traum ist ihm ein Moosweibl erschienen, das hat ihm ins Ohr gewispert:

„Hinter der Felsenmauer liegen
drei moosgrüne Stein;
der erste gehört Dir,
der zweite gehört sein
und der dritte ist mein!"

Wie er wieder aufgewacht ist, hat er nicht gewußt was der Traum bedeuten soll. Wie er aber hinter der Felsmauer die drei moosgrünen Steine gefunden hat, ist ihm ein Licht aufgegangen. Mit jedem Stein hat er einen der goldenen Äpfel heruntergeworfen. Den ersten Apfel hat er gleich eingesteckt, den zweiten auch und den dritten hat er dorthin gelegt, wo er die drei Steine gefunden hat. Wie er heimgekommen ist, hat die weise Frau schon gewartet auf ihn und hat ihm gesagt, daß jeder goldene Apfel einen Wunsch wert ist. Da hat sich der Bub gewünscht, daß die zwei Brüder wieder vom Baum können, der Vater hat sich lange Gesundheit gewünscht und sie alle haben jetzt glücklich zusammengelebt bis an ihr seliges Ende ..."

... Vom Osserschlag her wehte es kühl. Die Silberfeuer hinterm Himmelsblau waren erloschen, nur die Ebereschen glühten noch rot. Von den Fenzlwiesen klangen die Viehglocken. Die Hütbuben trieben ein. „Jetzt weiß ich noch so eine Geschichte", sagte der Nedl. „Die geht auch von drei Brüdern; und bis der Ferdl das Vieh von den Bachwiesen heraufgetrieben hat, sind wir grad fertig damit:

... Da ist einmal hier im Wald ein Vater gewesen, der hat drei Buben gehabt. Und alle vier sind sie recht arm gewesen. Jetzt

haben sie gemeint, wenn einer zum Fürsten auf die Karlsburg geht, könnte er was heimbringen.
So ist der erste ins Schloß und hat gefragt, ob sie keinen Hütbuben brauchen: Ja, Gänshüten kannst!" hat dem Fürst sein Hausl gesagt.
Wie der Bub das erste Mal ausgetrieben hat, ist der Schloßschreiber gekommen, hat ihm eine lange Gerte gegeben und hat gesagt: „Wenn Du jemanden singen hörst, darfst nicht auflusen! Sonst ist's gfehlt!"
Hat der Bub brav die Gänse gehütet. Aber einmal hat er eine Stimme gehört, die ist so wunderbar gewesen, daß er ganz auseinander geworden ist. Wie er wieder recht hat schauen können, sind alle Gäns fort gewesen. Jetzt hat der Fürst den Ganshüter ausgehaut. Weil ihn aber der arme Bub derbarmt hat, hat er ihm eine goldene Nadel geschenkt. Wie der Bub heimzu ist, hat ihn gedürstet und er hat in einem Bauernhof um ein bißl saure Milch gebettelt. Er hat dafür beim Heuabladen helfen müssen und im dürren Gehalm die goldene Nadel verloren. Da haben sie daheim wieder nichts gehabt.
Jetzt ist der zweite Bub fort. Ist auch ins Schloß gekommen und ein Gänshüter geworden. Beim Austreiben hat der Schloßschreiber mit der langen Gert gesagt: „Paß auf, wenn's d' was singen hörst, lus nit hin wie Dein Bruder! Sonst ist's gfehlt!" Wie der Bub wieder einmal mit den Gänsen auf dem Anger unter der Burg gesessen ist, hat eine Stimme angehoben und die hat so süß gesungen, daß ihm das heiße Blut ins Hirn gestiegen ist und er nimmer denken hat können. Derweil er wieder zu sich gekommen ist, sind die Gäns fortgewesen. Da hat der Fürst ihn ausgehaut; aber er hat ihm als Lohn einen kleinen, silbernen Vogel gegeben. Der Bub hat den silbernen Vogel auf den Hut gesteckt und ist heim. In der Nacht aber ist ein wilder Wind gekommen und hat ihm den Hut

samt dem silbernen Vogel davongeweht. Er hat ihn nimmer gefunden. Die daheim haben umsonst auf etwas gewartet. Jetzt ist der dritte zum Fürsten gegangen und hat auch ein Gänshüter sein dürfen. Wie er ausgetrieben hat, ist der Schloßschreiber gekommen, hat ihm die lange Gert gegeben und hat gesagt: „Wenn jemand singt, halt die Ohren zu! Sonst hat's gefehlt!"
Der Bub hat drei Tage lang brav die Gäns gehütet. Am vierten Tag aber hat im Schloß oben eine Frau gesungen und das ist so schön gewesen, daß der arme Bub verzaubert die Ohren danach drehen mußte. Wie er wieder so recht munter geworden ist, hat er keine einzige Gans mehr gehabt. Da hat der Fürst auch ihn hinausgeschafft und hat ihm zum Lohn einen Wecken Brot gegeben, in dem sind drei gute Kreuzer eingebacken gewesen für drei Tage gutes Hüten. Hat der Bub gedacht: Ich bring meinen Lohn sicher heim! Und hat den Wecken an einen Strick gebunden und wie ein Geißlein nachgezogen. Da hat er über einen breiten Bach müssen und der Wecken ist aufgeweicht und die drei Kreuzer waren hin. Jetzt haben sie auch ihn daheim bös gescholten und" . . .
„. . . Und?" Meine Frage hing wie ein verstohlenes Grinsen in der grausilbernen Kühle des sinkenden Abends –
„. . . Und es ist ihnen weiterhin recht schlecht gegangen."
Ich mußte lachen. „Tomandl-Nedl – jetzt kann etwa nicht stimmen an deinen Marln. Das letzte geht nicht gut aus!"
Seine Pfeife rasselte. Er schaute mich überzwerch an und stand langsam auf. Der Wind, der jetzt jäh aus dem Wald stieß, zupfte an seinen weißen Haarbüscheln: „Ich hab Dir ja gleich gesagt, daß ich's so mein, wie Du's nicht verstehst!"
Er wandte sich zur Tür, nickte mir noch einmal zu und sagte: „Kein Märlein kann für alle gut ausgehen. Aber für eines immer. Das braucht nicht immer ein Mensch zu sein."

Ich ging recht nachdenklich in die sinkende Nacht. Und spann an einer überklugen Einleitung zu meinem Märchenbüchel.
Es ist dann nichts daraus geworden. Nichts aus der Einleitung und nichts aus dem Büchel. Weil es der letzte Abend gewesen war, an dem ich mit dem Tomandl-Nedl zusammensaß. Und weil ich nur noch eines von denen, die er mir erzählt hatte, aus dem Volksmund hörte. Was bereits von andern aufgeschrieben war, wollte ich nicht verwenden. Und was über die Märchen selbst zu schreiben gewesen wäre, die Märlein, die alle gut ausgehen, niemand könnte es besser erklären als es der Tomandl-Nedl in den kurzen Worten tat, drei Tage bevor ihn ein fallender Baum in die Ewigkeit hinüberriß.

*

Das letzte Märchen, das ich unterm Osser hörte, war ein lustiges Gruselkindermärchen; eines, wie sie nur im Wald wachsen. Die alte Rücklin am Fenzlhof erzählte mir es so:
„Ein Abwaschhadern, eine Nadel und ein Peitschenstecken sind durch den Böhmerwald gereist. Den Abwaschhadern hat die Dirn vom Schloß weggeworfen, weil er schon arg zerrissen gewesen ist. Die Nadel hat ein Schneider aus dem Fenster gelupft, weil ihr der Nadlorsch gebrochen ist. Und den Peitschenstecken hat ein besoffener Viehtreiber im Osserwald verloren.
So haben sich die drei zusammengefunden und sind der Straße nach durch den Wald. Wie es finster geworden ist und die Bäume ganz scheusam gerauscht haben, sind die drei voll Angst unter eine Fichte gesessen und haben nicht gewußt wohin. Da ist der Peitschenstecken auf die Fichte gestiegen und hat ein Licht gesehen. Sind darauf zu die drei, und haben ein Haus gefunden. Kaum hat der Peitschenstecken an die Tür

gepoußt, ist ein altes Weib herausgekommen und hat gezahnt: „Meinetwegen kriegt ihr schon ein Nachtlager da! Aber wenn der wilde Mann heimkommt, der frißt alles, was er findt!"

Nun haben sich die drei in der Stube ein Platzerl gesucht. Die Nadel ist auf die Feuerstatt gehupft, der Abwaschhadern ist in den Trankzuber geplatscht und der Peitschenstecken hat sich hinter die Tür gestellt.

Da ist auch schon der wilde Mann heimgekommen und hat gebrummt: „Ich riech was Fremdes zum Fressen!" Wie er aber zur Feuerstatt getappt ist, um ein Licht zu schlagen, hat ihn die Nadel tief in den Finger gestochen, daß er geschrien hat.

Da ist er zum Trankzuber und hat die Wunde kühlen wollen. Jetzt ist ihm der nasse Hadern ins Gesicht geklatscht und hat ihn so hergeschlagen, daß ihm die Haut aufgesprungen ist und ihm die Augen verschwollen sind.

Jetzt hat der wilde Mann vor Schreck zur Tür hinaus wollen; aber da ist ihm der Peitschenstecken ins Genick gehupft und hat ihn so hergehaut, daß der wilde Mann jammernd durch den finsteren Wald gerannt ist. Und weil er nichts gesehen hat, hat er sich in den gachen Riegeln derfallen.

Der alte Abwaschhadern, die Nadel und der Peitschenstecken haben aber jetzt mit dem alten Hüttenweib friedlich gehaust bis an ihr lustiges End . . .

Zwei Hexenmärchen aus dem Osserwald

In den frühen, tauenden Spätwinterabend fährt der Wind; er zaust die Strohhalme im Hof auf und trägt sie über's Scheunendach.
„Das ist die Windhex!" sagte die kleine Wabi mit erschrockenen Augen ... Die Hausbauernleute sind vom Dreschen müd. Sie schauen über das Kind hinüber zum Fenster hinaus. Der Großknecht hat einen Flügel aufgestoßen und läßt den warmen Sturm in die Stube.
Draußen klingeln die Schartropfen.
„Ja – die Hexen! – Hexen gibt's allerhand!" sagt der Großknecht und zieht das Fenster zu. – „Da ist die Waldhex gewesen, die kleine Kinder gefressen hat!"
Die kleine Wabi hat sich mit dem Schürzenbandl der Vroni gespielt. Sie atmet ganz laut: „Gelt die, wo Hansl und Gretl gewest sind!"
„Nein! – Ich mein' nicht die Hex aus dem Lesebüchl! Ich mein die Waldhex, im Bärenloch hinten!"
Es ist ganz dunkel in der Stube.
Jemand erzählt:
„Einmal, da ist der Wald noch über Eisenstein gewachsen. Da lebte ein armer Holzhauer, dem ist im Frühjahr das Weib gestorben. Jetzt hat er nichts mehr gehabt als sein kleines Dirndl und eine leere Brotschüssel. Nicht lange ist es angestanden, da hat auch er das Sterben verspürt. Er hat sein Dirndl gerufen und hat gesagt: „Wenn ich tot bin, dann gehst Du den Eisenbach hinunter in den Wald. Dort wirst Du unser Ahnl treffen. Die muß schon steinalt sein. Der sagst Du, daß ich gestorben bin!"
Wie der Vater kalt war, lief das Kind in den Wald. Der wuchs

wild und schwarz, daß das Kind den Himmel nicht mehr sah. Da es Nacht wurde, legte es sich unter einen Baum. Am Morgen suchte es weiter. Schon zwei Tage war das Kind im finsteren Wald. Am dritten fand es zu einem Bach und hat da wieder den Himmel gesehen.

Auf einmal war eine große schwarze Katze da, die murzte und miauzte und sprang immer vor dem Dirndl her. Wie es ihr nachlief, kam es zu einer großen Grube. Die war bis oben mit Blut angefüllt. Das Kind erschrak und lief, bis es nimmer konnte. Da sah es eine noch tiefere Grube, in der lagen lauter Menschenknochen. Und wie das Kind weiterhastete, wäre es bald in ein großes Loch gefallen: da lagen lauter Totenschädel drin.

Jetzt fürchtete sich das Kind so sehr, daß es schier die Füße nimmer heben konnte. Und stand aufeinmal vor einem dürren Baum, der hatte weite Äste und daran waren lauter Därme aufgewickelt.

Die Kleine wollte sich nun vor Grauen im wilden Dickicht verkriechen, da war aber wieder das schwarze Katzenvieh und schrie ganz laut und setzte sich auf, wie ein Hase und hob eine Pfote wie ein Wegzeiger. Das Dirndl sah jetzt eine alte Hütte unter drei borstigen Tannen stehen und wie es hinkam, stand die Ahnl vor der Tür. Die war alt und schiech und hatte einen Bart über einem großen Zahn.

Das Kind fragte ganz ängstig: „Bist Du die Ahnl?"

Da lachte die Alte: „Ich werde es schon sein, wenn Du mich suchst!"

„Der Vater!" – stockte das Kind weinend.

„Komm nur herein mein Täuberl und iß! Ich weiß schon, der Vater ist gestorben! Mein Kater hat's mir heut nacht gebracht!"

„Ja kann denn der reden?" staunte die Kleine.

„Der kann noch viel mehr!" sagte die Alte, führte das Kind in die Stube und stellte ihm eine Schüssel hin.
„Iß, Täuberl, drei Tage hast nichts gegessen!"
Die Kleine sagte: „Ahnl, ich kann nichts essen! Ich hab im Wald eine Grube voll Blut gesehn!"
„Iß, das war ja nur meine Herbstmilch!"
„Ich kann nichts essen! Im Wald ist eine Grube voller Beiner!"
„Iß nur, das waren meine Krautstengel!"
„Ich kann nichts essen! Da war auch ein Loch voller Totenköpfe!"
„Iß nur, das waren meine Krauthäuptel!"
„Ahnl, ich kann ja nichts essen, mir graust soviel; auf dem Baum da draußen hängen lauter Därm!"
„Iß, das ist nur mein Garn!"
Jetzt fiel dem Kind der Löffel aus der Hand, es schaute mit großen Augen auf die zahnende Alte und weinte auf einmal heraus: „Um Gottes willen, Ahnl, da bist du vielleicht gar' eine Hex!?"
Da fuhr die schwarze Katze dem Kind fauchend ins Gesicht und die Alte lachte gellend: „Ja, ich bin schon die Hex!"
Und sie fraß das Kind . . ."

*

Die alte Vroni zündet die Lampe an.
Das Licht schwebt langsam durch die stille Stube.
Der Sturm wirft dicke Tropfen ans Fenster.
Die Leute schauen sich in die hellen Gesichter und lächeln.
Jetzt sagt einer: „Da, wo ich her bin, sind auch zwei Waldhexen gewesen! Aber die sind ins Tirol hinunter verwunschen worden!"
Weil sich niemand rührt, erzählt er:
„Vor langer Zeit waren einmal im Donnerwinkel zwei He-

xen. Die zogen aus den Baumrinden die Krankheiten und säten sie mit dem Wind in die Welt. Am Osser oben aber hausten zur selben Zeit noch zwei Riesen. Die sind auf den beiden Gipfeln gesessen und haben sich die Felsbrocken wie Bälle zugeworfen. Einmal ist einer von ihnen ins Tal hinuntergegangen; wie er an dem Hexenhaus vorbeikam, haben ihn die beiden bösen Alten schnell verzaubert. Er ist ein kleinwunziger verhutzelter Zwerg geworden und hat den Hexen das Feuer schüren müssen. Die sind jede Nacht wie zwei große Vögel ausgeflogen und haben das Vieh in den Ställen verhext und den Leuten den Lebenssaft abgezapft.

Der andere Riese auf dem Osser oben aber rief die ganze Nacht nach seinem Gefährten, daß es schaurig durch die Täler hallte.

Im Frühsommer ist ein fremder, großer König durch den Wald geritten. Der hat nachts den Riesen schreien hören und hat auf seinem goldenen Horn geblasen. Da ist der Riese still geworden. Die Tochter des Königs aber war eine schöne, helle Frau; sie trug einen weißen Raben auf der Schulter. Wie sie nun auf ihrem Ritt zu dem Hexenhaus kamen, fing der Rabe zu reden an: „Da raucht es von jungem Blut!"

Vor der Tür saß der kleine Hutzelmann.

Jetzt schlug der Rabe mit den Flügeln und schrie:

„Dreimal sieben ist böse und gut!
Dreimal die Drei läßt Blut und stillt Blut!"

Wie er das schrie und um den Hutzelmann flog, wurde dem Zwerg dasFlickgewand zu eng, er wuchs wie ein Mitternachtsschößling, hoch hinaus über die Bäume und war wieder ein Riese.

Der Rabe schlug mit den Flügeln, flog auf, über die Berge hin, und der Riese ging ihm nach, über den Osser hinüber, wo ihn schon der andere Riese erwartete. Dann sah man beide groß über das Gebirge schreiten, ins Tirol hinein, wo selber Zeit noch Riesen hausten.

Die beiden Waldhexen aber hat die Königstochter in zwei Katzen verwunschen und die mußten nun den Riesen nachlaufen und ihnen dienen, solange sie lebten . . ."

*

Der schwarze Wind draußen ist still geworden.

Der Großknecht ist überm Kalender eingeschlafen, und die andern nicken sich eine ‚gute Nacht' zu und gehen aus der Stube.

Nur die kleine Wabi sitzt noch, ganz nah an die Großdirn hingeschmiegt, mit heißen Wangen am Tisch. Auf der Ofenbank hockt ihr Spielkamerad, der Mauzpeter; er blinzelt mit seinen grünen Augen ganz hinterhältig herüber und schnurrt, grad als ob er etwas von den zwei bösen Katzen wüßte, die einmal Hexen gewesen sind.

Und wie jetzt der Tauwind wieder jäh ans Fenster stößt, sagt die Vroni: „Komm Wabi, jetzt ist's Zeit zum Schlafen!"

In dieser schwarzen Föhnnacht aber schlug ein kleines Walddirndlherz lange und laut vor süßer Angst und bangem Schauder . . .

Der Schwank

Am Biertisch patsch ich in die Hände,
in die Sitzweil dröhnt mein Geschrei;
auf der Kugelgstatt scheppern die Wände
bin ich beim Scheiben dabei.

Ich stoß den Protz vor den Magen,
ich rauf mit Teufel und Tod;
ich hilf die Dummheit erschlagen
mit Grinsen und spitzigem Spott.

Mein Tun ist derb und daheim,
wo ein richtiges Lachen aufklingt.
Ich bin der lustige Reim,
den der uralte Wäldermund singt . . .

Die Hirschauer geraten an einen Schelmen

Wie ein Stromer dem Schwankdörfl ein neues Stückl anhängte

Die Hirschauer waren es einmal leid geworden, für jede Schildbürgerei im Wald herzuhalten. Hing sich irgendwo einer die Narrenschelle um, mußte es gleich ein Hirschauer gewesen sein; und wenn selbst in einem stockböhmischen Dörfel im Land drinnen eine dumme Sach angestellt wurde, lachte bald darauf der ganze Wald über ein neues „Hirschauer Stückel". So waren sie zu einem Ruhm gekommen, der ihnen an der Leber brannte.

Sie hielten drum einen Ratstag ab, wie sie wieder in einen besseren Ruf geraten könnten. Und da es Sommer war und die Wiesen silbern im ersten Heu glänzten, hatten sie die Fenster der Gemeindestube weit aufgestoßen. Wie sie da so eifrig berieten und lärmten wurden sie's nicht gewahr, daß draußen einer vorbeistreunte; dem sproßten die hellen Haarbüschel aus dem Hut und sein Ränzel hing mager am Strick. Der Stromer hörte nun das erboste Geschrei der Gemeindeweisen in die stille Mittagsluft schlagen – und weil er schlapp und hungrig war, setzte er sich unters Fenster.

Drinnen hatte gerade der Bürgermeister Hirnzwiebel mit der großen Kuhschelle den aufgeregten Lärm zerscheppert und schickte sich an, eine Rede zu halten, daß sie zu Hirschau endlich etwas tun müßten, um dem ganzen Wald zu zeigen, daß hier immer noch die Gescheiteren hockten.

Es war auf einmal still geworden in der Ratsstube und der Gauch vor dem Fenster lauschte belustigt, weil jetzt der kollernde Baß des Bürgermeisters die Satzbrocken wie grobe

Feldsteine über den Tisch rollte: Sie müßten von nun an allen, die ins Dorf kämen, einen Tort antun; und der Gemeindeschreiber müßte es immer in einer eigenen Chronik verzeichnen, wie die Hirschauer die anderen zum Narren hielten.

Aus der bedächtig nickenden Schar erhob sich jetzt der Schneider Ägidi, dem man das letzte „Hirschauer Stückel" nachsagte; der Schneider war recht böse darüber, weil sogar die Hirschauer glaubten, daß es wahr sei:

Da waren im letzten Frühwinter einige Hirschauer zum Winterdrusch im Nachbarsdorf gewesen; die Nacht war finster und föhnig, als sie heimgingen. Der Schneider hatte sich ein wenig verspätet und wie er jetzt über die Waldhänge den anderen nachstelzte und die Beine immer länger nahm, da spürte er, wie ihm plötzlich einer auf den Buckel sprang; und als er zu laufen anfing, schlug ihn der Aufhocker wild ins Genick. Immer schneller lief der Ägidi – und immer wilder schlug der böse Kerl auf ihn ein, daß der Keuchende vor Schmerz und Angst plärrte wie ein Hase: „Helft! Der Stilzel ist mir aufgehockt! Der Stilzel erschlägt mich!"

Nun war der „Stilzel" einer von den boshaften Geistern, die auf der böhmischen Grenze herumstreunten, den Leuten auf den Buckel sprangen und ihnen auch sonst allerhand leidigen Schabernack antaten. Das aber, was dem Schneider auf dem Buckel hockte und bei jedem Hupfer aufs Hirn prellte, das war der Flegel der Drischel, die der Hirschauer über der Achsel trug.

Der Schneider Ägidi glaubte nun das erste Anrecht zu haben, das Wort zu nehmen; seine dünne Stimme zitterte durch die Schwüle und er tupfte jedes Wort mit dem langen Nadelfinger auf die Tischplatte:

„Und daß wir gleich wissen, wie wir's anfangen, so mein ich,

wir halten alle Leut so zum Narren, daß wir immer das Verkehrte von dem tun, was sie sagen und verlangen."
Die anderen sahen sich an, und weil keinem etwas Gescheiteres einfiel – es war heiß in der Ratsstube, der Mittag hing rauchend überm Dorfbrunnen und vom Wirtshaus her roch es von Leberwürsten und fetten Blunzen – so mußte der Schreiber des Schneiders Antrag ins Protokoll merken. Und die Sitzung war geschlossen.
Wie sie aber vor die Türe traten, da sahen sie einen im Straßengraben liegen, der stöhnte im Schlaf und redete verworren: „Man soll mich nicht aufwecken! – Ich mag keine Blunzen! – Und Leberwürst schon gar nicht! Ein Bier kann ich nicht sehen bei der Hitz! – Und auf ein Hirschauer Zehrgeld pfeif ich!"
Da stieß der Schneider den Bürgermeister an, und der Hirnzwiebel rannte dem Wirt den Ellenbogen in den Magen; sie blinzelten sich unter die Hüte und lachten, daß ihnen der blaue Tag gleich den Rechten geschickt hatte, den sie nun zum Narren haben könnten. Und schon schüttelten sechs Fäuste den Schelm im Graben wach. Der wehrte sich wehleidig und konnte kaum das Lachen im verkniffenen Maul halten, weil ihm vor Freßfreude schon die Lippen tropften.
Sie schleppten ihn ins Wirtshaus, stießen ihn auf eine Bank, daß es krachte, und ihr Gelächter heulte, daß die Fenster schepperten, als der Wirt dem Verstörten eine gegupfte Schlachtschüssel hinstellte, um die es nur so dampfte von fetter Pracht. Und fast hätte sich der hungrige Gauch verraten, wie er davor saß – und es kam ihn schwer an, sich zu wehren, als ihn der Hirnzwiebel drohend aufforderte, er müsse die Schüssel leer fressen.
So schmatzte der Stromer jammernd und schnaufend drauf los, und sein Wanst hatte einen himmelblauen Feiertag.

Doch als er zum guten Ende auf das saftige Mahl noch ein paar Maß Bier draufschütten mußte und ihm der Bürgermeister einen blanken Taler als Zehrgeld aufdrängte, da rülpste dem Wegbruder eine selige Übelkeit den Schlund herauf und er lallte vor Glück:
„Ach Ihr lieben Leut! Ihr rotgoldenen Hirschauer! Ihr seid ja viel gescheiter als man im Wald raunzt! Ihr könnt gewiß keinem Menschen was Böses antun!"
Da war aber auch der Schmied Peter am Tisch, ein wenig langsam im Hirn, dafür stark in den Fäusten, und der hatte jetzt den schnellsten Gedanken seines Lebens in den Fingern, wie er das hörte. Und getreu dem Ratsbeschluß, man müßte jedem Fremden das Gegenteil seiner Wünsche und Reden antun, zog er auf und haute dem gerührten Stromer eine Watschen neben die Nase, daß der durch alle sieben Himmel auf die Stubenbühne fiel. Sie mußten den vom Hieb und Trunk Betäubten hinaustragen und sie legten ihn wieder in seinen Straßengraben. Dort schlief er, während die Sonne hinterm Wald verglomm und der rote Mond in die Wipfel stieg. Als die Mondscheibe schon zu kühlem Silber verblich, weckten den Schläfer Kälte und Tau. Er taumelte auf, spürte das Summen in seinem Schädel und ihm war, ein böser Traum hätte ihn genarrt. Aber wie er in den Hosensack griff, faßte er den Taler, und der glänzte rund und hart im Mondschein. Da fiel ihm wieder der ganze Hirschauer Unfug ein, bis zur saftigen Watsche des globigen Schmieds. Und er trollte sich lachend und fluchend auf der mondweißen Straße. Wie er aber durch den finsteren Wald ging und sich die Zehen an den Steinen stieß, verging ihm das Lachen. Immer finsterer wurde sein Gemüt im nachtschwarzen Wald, aus seinem Gedärm dampfte Wut und sein Gehirn kochte einen Plan aus, den guten Hirschauern die Watsche heimzuzahlen,

daß der ganze Wald nur so schallen sollte von boshaftem Gelächter.

Was sich der Schelm in der Waldnacht ersonnen, es kam bald laut zu Tag: Als die Hirschauer ihr Heu heimfuhren, kam der Kesselflickerfranto aus dem Böhmischen mit seinen zwölf Kindern und drei Hunden ins Dorf und erklärte, er wolle um Gottes Willen nicht in dem schönsten Haus von Hirschau wohnen. Und schon am anderen Tag kamen drei Bettelmänner, die auf die drei besten Stuben im Wirtshaus und auf ein gutes Essen pfiffen. Und es war noch keine Woche um, da wimmelte es in dem Dörfel von Landstreichern und Orgelmännern, Rastelbindern und Hausierern, daß die armen Hirschauer kaum mehr am eigenen Tisch Platz fanden vor lauter Spitzbubengästen.

Denn wo der Wegbruder einen traf, den Not und Faulheit auf die Straßen trieben, den schickte er mit der rechten Botschaft nach Hirschau. Sie fraßen die letzte Speckseite aus dem Rauchfang, soffen dem Wirt den letzten Tropfen aus dem Banzen und hatten jeden Tag Kirchweih. Landauf und landab lachte man schon über die Hirschauer und wenn sich zwei irgendwo im Walde begegneten, stieß einer den anderen an: „Gehst auf d'Bettelleut-Kirchweih z'Hirschau?"

Die Hirschauer merkten es schon lang, wo sie mit ihrem Ratsbeschluß hingeraten waren. Sie hatten ihn auch schon fluchend verworfen – aber das Lumpengesindel drohte mit einer Klage beim Kaiser, wenn es ausgewiesen werde. Drum schickten die Hirschauer den Ägidi zum Bezirkshauptmann nach Klattau, damit er einen Richtspruch bringe, daß ein verkehrter Gemeinderatsbeschluß den Landstreichern noch lange kein Recht gebe, sich in Hirschau auf ewig einzunisten. So sehr glaubten die Hirschauer an die Macht des protokollierten Worts.

Aber nun sollte es wieder der Schmied sein, der ihnen just um die Kirchweih die Bettelleutplage vom Halse schaffte. Es herbstelte schon und um die roten Ebereschen hingen die ersten Nebel, da zog ein Gauch müd und frierend in das Dörfel ein. Der Stromer hatte noch keinen Wind von dem tollen Schwank unter die Nase bekommen, denn er war durchs Stockböhmische gezogen und war froh, daß er jetzt die Gänse wieder deutsch schnattern hörte. Der wollte nun gerade beim Schmied um ein Vergeltsgott ein Stückel Brot und eine Liegerstatt betteln, als ihn der, in seiner jähen Freude, daß ein einziges Mal der dumme Schneiderspruch einen Sinn hatte, mit einem Schwung auf den Misthaufen warf und brüllte, solange er lebe, werde kein Bettelmann von ihm mehr eine Brotrinde zu sehen bekommen.
Und als die Hirschauer das hörten – denn solche Witze liebte das Schicksal zu machen –, begannen sie mit dem schmarotzenden Gelichter aufzuräumen, noch ehe der Schneider Ägidi mit dem Entscheid des Bezirkshauptmanns zurück war. In allen Häusern begannen die Ochsenfiesel zu zischen und die Besenstiele zu krachen und Hoho-höhhö und Huraxdax – hußten sie die schlampige Brut aus den Häusern. Das überraschte Spitzbubenvolk konnte es kaum mehr erlaufen, so jäh hetzte ihnen der Zorn der Hirschauer nach.
Seither traut sich kein Bettelmann mehr nach Hirschau. Und lange Zeit noch, wenn sich die Wegbrüder im Wald ärgern wollten, pflegten sie sich nicht mehr den schönen handfesten Kirchweihgruß zuzurufen, sondern: „Du kannst mich – in Hirschau!" . . .

Die „Rotseidene" der Bürgermeisterin

Warum sich der Gugetzer von Guglöd in kein Wirtshaus mehr getraute

In Guglöd, im hintersten Böhmerwald, drei Wegstunden vom letzten Kirchdorf, hat es nie eine politische Partei gegeben. Die Guglöder haben auch keinen Stimmzettel gebraucht, wenn sie ihren Bürgermeister wählten. Das hat sich dort nach einem höchst patriarchalischen Brauch von selber abgewickelt; die Guglöder Bürgermeister wurden alle drei Jahre schön der Reihe nach von ihrem Viehstand bestimmt. Beim Sonnbauern, am oberen Berg ging es an: der hatte neben seinen drei Kühen noch eine Kalbin und zwei zaundürre Öchslein im Stall. Dann kam der untere Sonnleitner; der hatte auch drei Kühe, zog auch eine Kalbin auf, aber Futter und Feld langten bei ihm nur noch zu einem Ochsen. Als dritte waren die Pöschln vom Steinriegel dran. Die hatten auch drei Kühe, aber keinen Ochsen; auch für eine Kalbin hätte es nicht mehr gelangt. Nach diesen drei Erbkandidaten kam standesgemäß keiner mehr in Betracht. Die andern Häusler brachten es über zwei Kühe und eine Sau nie hinaus.

Einmal aber ist doch ein Pöschl hinter einen von den kleinen Häuselleuten gerückt. – Das war der Gugetzer vom Rieglhang. Dem Pöschl war, grad wie die Bürgermeisterei wieder an ihn gefallen wäre, eine Kuh beim Kalben umgestanden; und wie's der Teufel wollte, hatten auch seine zwei Säue den Rotlauf bekommen. Beim Gugetzer unten am Rieglhang aber standen zur Zeit drei Rindln im Stall, weil der Metzger von Dürrnstauden das Stierkalb noch nicht geholt hatte. Außerdem fütterte der Gugetzer diesmal auch zwei Säue.

Bauernstolz bleibt Bauernstolz. Auch in Guglöd. Drum war sogar der Pöschl sich mit den beiden Sonnenbauern einig: wenn schon seit Vätergedenken die Bürgermeisterei nur dreimal reihum geht, dann trifft sie diesmal eben auf den Gugetzer.

Der Gugetzer aber war noch keinen Sonntag Bürgermeister, da durfte er sich fünf Stunden weit im Umkreis in kein Wirtshaus mehr trauen.

Die Guglöder haben ein Kirchlein, das dem heiligen Leonhard geweiht ist. Und sie halten darauf, daß dem Heiligen an seinem Namenstag auch in Guglöd die gebührende Ehre erwiesen werde. Sie können nicht mit Rössern zu ihm reiten. Aber sie haben es durchgesetzt, daß wenigstens an ihrem Patrozinium im Kircherl eine Messe gelesen wird. Und diesen Tag wollte die Gugetzerin, die so unverhofft Bürgermeisterin geworden war, besonders feiern. Sie ging nach Dürrnstauden, verhandelte heimlich dem Metzger eine der beiden Säue und kaufte sich beim Kramer eine ganz echte, rotseidene Bluse.

Der große Feiertag von Guglöd fällt meist auf den zweiten Sonntag im November; denn unter der Woche hätten die Guglöder ja gar keine Zeit. Oft liegt da schon Schnee über den Erdäpfelrangerln an den Nordhängen, wenn der Kaplan des Kirchdorfes heraufsteigt, um unterm Standbild des heiligen Leonhard die Messe zu lesen.

Damals aber hing der Himmel noch blausilbern überm Wald, aus dem die Ahorne und Buchen flammten. Und an den Wegrändern glühten in den Ebereschen die roten Beerendolden wie die rotseidene Bluse der gut durchwachsenen Bürgermeisterin.

Die mußte, während sie zum Kircherl hinaufstieg, immer wieder häschend stehenbleiben; denn die Rotseidene

schnürte ihr ein wenig den Schnaufer ab. So kam es, daß der Geistliche am Altar gerade begann, das Evangelium zu lesen, als die neue Bürgermeisterin ein wenig atemlos zur Tür hereinstolzierte.
Sie sah, wie die Leute sich alle plötzlich andächtig erhoben, sie stand überrascht erst zwischen den paar Kirchenbänken – und die Rotseidene blähte sich prahlend über ihrem Busen – dann klang ihre Stimme, fast fett von Stolz und Gnädigkeit: „Aber Leut' – bleibts nur sitzen –! Das verlang i ja gar net!" …
Von der Stund an ging der Gugetzer in kein Wirtshaus mehr.

Ein alter Hut und ein Pulverhafen

Warum sie aus der Hölle keinen Teufel mehr in den Wald lassen

Daß der Teufel dumm sei, steht zwar nicht in der Bibel, aber die Waldbauern an der böhmischen Grenze waren davon überzeugt. Vielleicht, weil sie glaubten, daß dieser verschlagene Höllenfürst gerade ob seiner Schlechtigkeit eine schwache Seite haben müßte, aus der man seine Dummheit schütteln kann, wenn man es nur richtig anpackt. Es ging auch ein Sprichwort im Böhmerwald um, daß Schlechtigkeit und Dummheit aus dem gleichen Wurzelstock wachsen.
„Sogar die ‚saudummen' Waldbauern sind alleweil noch siebenmal gescheiter als der Teufel! Man soll ihnen nur trauen!" pflegte der alte Michenwenz von der oberen Plöß immer am Biertisch zu sagen. „Drum tut's uns auch so Zorn, wenn man uns einen ‚dummen Teufel' heißt."
Der Michenwenz weiß manches Stückel von der höllischen Dummheit zu erzählen. Einmal tischte er bei der Siebenkittelwirtin die Geschichte

vom Woferl und seinem Dukatenhut

auf. Der Woferl, das war ein armes Bäuerl, dem der böhmische Wind Jahr für Jahr das Schindeldach abdeckte. Er konnte schon ein paar Kreuzer brauchen, der Woferl; aber er fand keinen, der sie ihm borgte. Da suchte er hinter'm siebten Kohlmeiler im Donnerwinkel einmal nächtens den Teufel heim. Und schlug ihm eine tapfere Wette vor: Daß der

Schwarze von Mitternacht bis zum ersten Hahnenkrähen nicht einmal einen Hut voll Geld zusammenbringe.
Der Teufel hat gelacht und sich, nur so zur Hetz, eine Hand voll Dukaten geschneuzt. Der Woferl hat aber aller Geldschneuzerei zu Fleiß wetten wollen. Und sogar seine arme Seele dawidergesetzt. Da ist selbst dem Teufel die verstockte Waldlerdummheit zu viel gewesen: „Wett' halt wenigstens eine Spitzkirbe voll!" riet er großmütig.
Der Woferl aber blieb bei seinem Hut.
In der nächsten Nacht trugen sie die Wette aus. Der Teufel kam um Mitternacht wie ein ‚Saudrach' über den Spitzberg hergefahren, daß das ganze Hammerer Tal taghell war; der Woferl wartete schon vor seinem kleinen Häusel am Osserhang.
Wie der Teufel da war, mit Gestank und Gestunk, tat der Woferl ganz bedächtig seinen Hut herunter, kroch auf das zerzauste Stadeldach und stellte den Hut schön langsam auf den geborstenen First: „So, jetzt mach ihn mir voll – wenn du kannst!" grinste er auf den Stockzähnen.
Ging in seine Kammer und legte sich nieder. Der Teufel am Dach hatte noch keine dreimal geschneuzt, da schnarchte der Woferl schon wie ein Roß.
„Schnarch nur, dummer Bauer!" lachte der Teufel.
Und schneuzte und schneuzte.
Aber die Dukaten verrollten in dem morschen Hütel.
Wie nun dem Teufel vor lauter Geldschneuzen schon die Nase brannte, holte er fluchend alle vergrabenen Schätze herbei. Soviel aber brachte er nimmer zusammen, daß der Hut noch vor dem ersten Hahnenruf voll wurde. Weil er – ein Loch hatte.
Im Stadeldach aber war auch ein Loch. Und so fiel alles Gold in den leeren Stadel. Denn es war um die Bittage und die paar

Halme des Woferl standen noch grün auf den Feldern. So war der Teufel der Dumme und hatte verspielt.
Dem gescheiten Waldbäuerl aber hat die schlaue Wette auch nicht geholfen; wie der Teufel sah, daß ihn diesmal ein Böhmerwäldler genarrt hatte, tat er gerade noch zur rechten Zeit einen gräulichen Fluch. Und der Woferl hat dann drei Tag lang lauter steinharten Roßmist aus dem Stadel räumen können . . .
Dafür hat aber der Vetter des Woferl, der Peter-Michl vom Hochpanzer, es dem Teufel dann richtig gegeben. Und das ist die Geschichte

vom Teufel auf dem Pulverhafen

Der reiche Petermichl war in eine arge Zwickmühle geraten. Erst war ihm eine Krankheit unters Vieh gekommen, dann hatten ihm Wetter und Wild die Ernten verdorben, und zu guter Letzt starb ihm noch die Bäurin weg. Da ihn so alle Nothelfer hatten aufsitzen lassen, rief er den Teufel an.
Der kam wie der Blitz und hielt dem Petermichl sein rußiges Büchl hin: „Schreib dich ein, dann kriegst, was d'magst!"
Und das ließ sich der Petermichl nicht zweimal sagen.
Nun waren Geld und Glück auf dem Hofe, soviel, wie sich der Petermichl früher gar nicht zu träumen getraut hätte. Im Eisensteiner Tal zählten sie ihn zu den Haferfürsten und wenn er dort einkehrte, spielte ihm die Musik drei Tage lang durch alle Wirtshäuser nach. So lebte der Petermichl in den blauen Tag und dachte nimmer an Herrgott und Teufel.
Da klopfte eines Abends der Schwarze ans Kammerfenster, zeigte sein rußiges Büchl und forderte des Petermichl erschrockene Seele. Der bat nun den Teufel ganz inständig, er

möge ihm noch ein wenig Zeit lassen. Der Höllische aber lachte nur. Und beutelte die Hörner.
„Aber Abschied nehmen darf ich doch noch von meinen Saufbrüdern!" stotterte der verdatterte Petermichl.
Der Teufel dachte nach, und es fiel ihm ein, daß er da vielleicht noch eine arme Seel schlingen könnte, wenn es beim Petermichl Abschied hoch herginge.
„Willst ihnen noch ein Abschiedsfest geben?" lauerte er.
„Ja, ja!" nickte der Petermichl und schnaufte auf: „Ein Fest mit Essen, Trunk und Tanz und Böllerknall!"
Jetzt lachte er auch schon wieder einwendig, denn sein hintersinniger Waldlerschädel spann bereits einen Plan. Und er bat den Teufel, er möge ihm für die Böller das wildeste Pulver besorgen, das es gäbe.
Der Bauer richtete ein großes Fest aus, sagte überall ein, in jedem Haus, durchs ganze Tal. Denn der Teufel zahlte ja.
Das war ein Tag, wie wenn der ganze Wald Kirchweih feiern wollte. Und ein Wetter hatte sich aufgetan, blau und mit weißen, fröhlichen Wolkenfahnen, daß es nur so leuchtete.
Da alles versammelt war, kam auch der Teufel mit dem Pulver daher.
Der Bauer tat es schnell in ein Eisenhäfchen, legte heimlich eine Zündschnur hinein und bat den Teufel, er möge sich draufsetzen, damit niemand einen Unfug mit dem gachen Pulver treibe.
Der Teufel nickte.
Wie aber der Schwarze drauf saß, brannte der Petermichl rasch die Zündschnur an und vertrollte sich.
„Meinst, wird's auch recht krachen, dieses Pulver?" fragte er harmlos im Weggehen.
„Höllisch!" versicherte der Teufel.
Und dann knallte es auch schon.

Den dummen Teufel hat's auf lauter Fetzen zerrissen . . .
„Seither lassen sie aus der Hölle keinen mehr zu den Waldbauern herauf", sagte der Michenwenz, und zündete sich blinzelnd seine Pfeife an.
Er mußte es ja wissen! –

EIN JAHRLAUF ZWISCHEN OSSER UND ARBER

Daheim unter'm Osser

Hinterm Moosriegel ist das Sträßlein fast vermauert von Felstrümmern, die einmal, vor vielen hundert Jahren, über die steile Bergflanke gestürzt sind; aber wenn man mit dem schmalen Saumweg um die getürmten Steinbrocken biegt, hat man plötzlich einen weißschäumenden Bach unter sich und kommt in ein enges Tal, das finster ist von Tannenschatten. Ein paar Schritte weiter bricht schon der Himmel über helle Wiesen, das Tal wird breit und gut; die Hänge sind sanfter an die Berge gelehnt, sie tragen Höfe und Felder; an den Rainen, vor dem schwarzen Nadelwald, spielen freundliche Birken mit der Sonne und dem Wind.

Es ist ein stiller Weg, den man nun wandert, an grauen Feldsteinen und schmalen Bildstöcken vorbei, die Wiesen blühen bis an den Straßenrand, Felder neigen ihre Ähren darüber. Von den Höfen am Hang kommt manchmal ein Ruf herunter, der Schrei eines Vogels ist in der Luft, der Klang einer Herdenglocke verweht oben am Wald. Dann wird die Straße breiter, Ebereschen lauben darüber, Zäune hüten die Felder, und dort, wo das Tal wie eine große Mulde sich weitet, wölbt sich ein wuchtiger Hügel, der es wieder abriegelt. Breite Bäume stehen oben, Linden, Buchen und Ahorne, mit großen Kronen. Ein Hof hat sich wie ein Herr auf diesen Hügel gesetzt mit weißen Mauern und wetterschwarzen Schindeldächern.

Wenn man auf dem Hügel steht, sieht man, daß das Tal jetzt erst sich groß und weit vor den Bergen öffnet und ein stattliches Dorf birgt, mit einer Kirche, deren Turm wie eine riesige rotgequollene Zwiebel in der Sonne leuchtet. Rings um die Kirche stehen Einkehren, mit haubentiefen, wärmenden Dä-

chern; saubere Häuslein suchen neben ihnen Schutz, Höfe schieben sich heran, mit gewölbten Einfahrten.
Die großen Höfe aber stehen an den Hängen des Tales, abgesondert im breiten Raum ihrer Wiesen und Felder, so, wie der Hof auf dem Hügel da. Und dort, wo von dem Gottesakker am Dorfrand eine Straße mit einer mächtigen Lindenallee den Berghang hinaufzieht, ganz am Walde schon, steht ein weißes, steinernes Schloß mit Turm und rotem Ziegeldach.
Hinter diesem Tal scheint die Welt zu Ende. Weit schwingt der Bogen der Berge unterm Himmel, sie stehen dunkel und hoch, Wolken und Wind schatten blau in's Grün der Wälder.
Im Frühling zittern die Forste im Sturm, es läuten silberne Quellen über die Hänge. Bunt blüht der Frühsommer über die Wiesenzäune, blau weht der Flachs auf den Feldern. Und wenn der Sommer sich golden erfüllen will, wallfahrtet das gelbe Korn im Abendwind die Lehnen hinan, zu den Bergkapellen.
Schon im September knistert die rote Fackel des Herbstes im Laub. Die Dämmerung fällt früh und feucht, die silberne Brandung des Nebels tropft am Morgen von den Schindeldächern. Über den Rainen ist dann die sanfte Zärtlichkeit der Birken golden entbrannt, blutrot glühen die Ebereschen am Wegrand.
Die Abende zwischen Laubfall und Schneien, sind stiller als das leise Walddämmern im Sommer war. Der Wind riecht nach Schnee, hinter Nebelhauben leuchten die blanken Häupter der Berge im ersten Winterglanz. Dann kommt ein Tag, an dem die Sonne sprühende Funken aus den stäubenden Hängen schlägt. Der Wald ist weiß und still, blaue Schneewehen vermauern die Einödsträßlein. Jetzt können

die weißen Tage so schwer von Gold und Bläue sein, daß der Himmel am Abend lange über den Bergkämmen glühen muß.
Lang ist der Winter, jäh ist der Frühling, kurz ist der Sommer im Wald. Aber der Herbst, zwischen Laubfall und Schneien, der bringt die stillen Stunden des Erzählens; wenn die Flachsbrechen knarren, wenn der letzte Dreschflegel verpoltert, wenn die ersten Spinnräder schnurren, am dämmerigen Abend. Und zu erzählen gibt es genug!
Da sind einmal die Märlein aus den verschollenen Tagen, die dieses Dorf aus der Tannenfinsternis des Tales rissen; das sind die Geschichten von den Eisenleuten, die einst hier nach der roten Erzader gruben und die ersten Hütten im Wald schlugen. Dann weiß man auch allerhand von den Glashütten zu erzählen, die einmal hier im Wald rauchten; sie haben viel fremdes Volk angelockt, aus dem glaskundigen Italien, aus dem dunklen Osten. Heute noch klingt der Name eines ehrsamen Schusters oder einer braven Kuhdirn im Dorf ganz welsch und bombastisch. Und den seltsamen, riesigen Zwiebelturm der Kirche, der eigentlich das ganze Dach des Baues ausmacht, den soll ein Zimmermeister aus dem weiten Rußland gebaut haben, den der reiche Glasherr sich einmal in einer Laune verschrieb.
Die letzte aus diesem Geschlechte der Glasherrn hat das weiße Schloß am Waldrand gebaut. Es war ein herbes, stolzes Fräulein, das keinen Mann mochte; dafür hat sie sich um 60 000 Goldgulden einen ganzen Heiligen aus Rom kommen lassen, und die Leute erzählen es sich heute noch, wie der Wagen mit dem kurzen, gläsernen Sarg, in dem er wie ein Wurzelmännchen lag, in das Dorf kam und unter Beten und Prunk zum Schloß hinauf geleitet wurde. Als man das Fräulein zu Grabe trug, – es starb alt und herrisch einsam – liefen

dem Sarge vier kleine, huschelige Hühnchen nach. Und niemand vermochte es, die seltsamen Trauergäste zu vertreiben. Erst als man die Tote in die steinerne Gruft an der Kirchenmauer senkte, waren die Hühnchen verschwunden. Und man erzählt, das seien die Seelen der ungeborenen Kindlein gewesen, denen das Fräulein hätte Mutter werden sollen ...

In dem Schloß am Walde ist jetzt die Oberförsterei des Fürsten, dem die ganzen Wälder hier gehören, seit der Glasherrn Glück zerscherbt ist, seit die alten Höfe der Freibauern kleiner wurden. Diese Künischen Freibauern aber sind nicht mindere Herren gewesen, sie waren nur dem Kaiser untertan und hielten ihr eigenes Gericht.

Manchmal wenn die Herbstabende lang sind, dann stehen die Spinnräder still, weil die Münder mit Eifer an einem anderen Faden spinnen, an dem ein Schicksal hängt, das sich hier im Walddorfe erfüllt hat.

Denn das Leben braucht keine laute Welt, wenn es seine Zeichen setzen will.

Selige Jugendtage

Wald war hinter Feldbreiten vom Wind gerafft.
Wolken vor die Sonne geweht wie Vögel.
Holunder blühte. Aus Birken tropfte der süße Saft.
Im Bach trieb ein Rindenschiff mit papierenem Segel.

Sommerschatten wehten über Wiesenblumen.
Unter Haselstauden rauchten verstohlene Indianerfeuer;
im Dämmer fraßen Schrätel die verstreuten
Weißbrotkrumen.
Am Brunnenrand hockten Kröten und glucksende
Ungeheuer.

In der Diele – Kaminglut lief auf den Steinen vors Haus –
spannen weißhaarige Mägde Flachs und uralte Sagen;
wir lauschten und schnitten farbige Bilder aus.
Um Mitternacht rollte der Mond vom Berg und lag im
Weiher zerschlagen.

Manchmal fielen auch Sterne in den Garten.
(Der Osserriese riß sie heimlich vom hellen Himmelsaum.)
Heuduft schwoll, wenn die Scheunentore knarrten.
Ein neuer Sichelmond wuchs gelb aus perlmutterm
Wolkenschaum.

Hasel und Birke lohten und schwelten braun;
und am Morgen roch Schnee im Bergwind.
Der Himmel stand blau.
Viehherden lärmten. Kartoffelkraut qualmte am Zaun,
Wiesen blitzen im Reif und wallten abends im Tau.

Aber dann war Schnee: am Berghang, im Garten, am
steilen Dach.
Märchenbücher blühten, dicke Bratäpfel dampften.
Nußknackerkönig zergrinste Träume und schreckte uns
lange wach;
im Stall röhrten die Rinder, die unterm Drudendruck
stampften.

Von verschneiten Hängen, herbstbunten Wäldern und sommerseligem Wiesentand
wuchs Weltsehnsucht über die Heimatzäune.
. . . Abendröten erloschen – und Himmel sind mit neuen
Sonnen entbrannt –
aber den Frieden der Kindheit brachte noch keine.

Österlicher Heimweg

Der Moosbauer erzählt vom Sonnenhupfer

Ostern, daheim, im Böhmerwald, das war immer das geheimnisumwobene, schönste Fest des Jahres. Und niemals, auch zur Weihnachtszeit nicht, war es uns Försterbuben heimwehmütiger ums Herz, wenn wir da nicht daheim sein konnten.

Wohl, weil der Frühling um diese Zeit den Wald schauern machte; weil die Straßenränder fest und hell wurden, Knospenschleier um die kleinen Birken zitterten und der ganze, weite, dunkle Böhmerwald plötzlich von einem Klingen aus der milden blauenden Luft überschüttet schien.

Und immer – so kam es mir vor – fiel die Auferstehungsfeier mit Umgang, Musik, Böllerknall und wehenden Fahnen zur rechten Zeit in den ersten, jubelnden Aufbruch des Frühlings.

Darum sind wir auch immer um die Osterzeit daheim gewesen, wenn wir uns auch das ganze Jahr über nicht treffen konnten.

Einmal – ich war schon lange an der Donau das Jahr über tätig – hatte ich den Zug versäumt, der mich am Karfreitag an die Grenze bringen sollte. Und weil der nächste Zug erst in der Nacht gefahren wäre, stieg ich zu Fuß in die Grenzberge. Es sollte – so dachte ich – ein rechter Ostergang in den Heimatwald werden.

Unten, an der Donau, lag schon der Frühling in den Gärten. Es blühte rosig an den Hauswänden. Auch an der Ruselstraße waren schier alle Knospen aufgesprungen. Mit jeder Stunde aber, die ich in die Berge stieg, geriet ich einen ganzen Tag in

die Jahreszeit zurück. Da war noch geschlossen, was im Tal schon aufgebrochen leuchtete, da grünte zag am Wegrand, was an den Sonnenhängen schon geblüht hatte – und dann lag noch Schnee am Waldrand, die Birken zitterten erst ahnungsvoll im Wind mit ganz zarten Knospenschleiern.
Spät am Abend war ich an der Grenze am Arberhang. Und als die Dämmerung die Berge in jenes geheimnisvolle Leuchten hüllte, wie es nur im Vorfrühling über unserem Wald zittern kann, kehrte ich beim alten Moosbauern ein.
„Da wirds wohl gar noch weiße Ostern geben, zwischen Arber und Osser!" sagte ich, als wir unter der Tür standen und die breiten weißen Schneeblenken am Wald hell im Abenddämmern aufleuchteten.
Er nickte: „Ja bei uns ist's schier noch zu früh für Ostern. Aber es kommt nicht auf die Zeit an! Hier kehrt nicht selten noch im Sommer ein weißer Winter ein. Meine Mutter hat es oft erzählt, wie in den sechziger Jahren der Schnee um Georgi so hoch in den Arberwäldern lag, daß man die größten Klötzer mit Schlitten ins Tal ziehen konnte. Die Burschen sind damals noch am 23. Mai über den tragenden Arbersee geschliffen. Heuer haben doch schon die Palmkatzerl vor dem Sonntag geblüht!"
Wir setzten uns auf die Gredbank, weil der Abend mild war und voller Amsellieder. Der Moosbauer lächelte: „Als wir noch jung waren, da konnten die Palmbesen nicht groß genug sein! Ganze Staudenwälder haben wir da am Palmsonntag in die Kirche getragen, daß der Pfarrer einmal den Mesner mit dem Hackstock vor der Kirchtür aufgestellt hat; er mußte die langen Stangenbuschen stutzen, weil wir den neuen Fries an der Kirchentür damit zerschunden hätten!"
Der Bauer schaute versonnen in den Abend: „Ja, damals hat man noch etwas gegeben auf die alten Bräuche! Neunerlei

Holz mußten in den Palmbesen grünen: Birke, Haselnuß, Felber und Kranewitt, Schlehdorn und Hollerstaude, ein treibender Buchenast auch, und wer keinen Seidenbaum erwischte und keinen Erlentrieb, der half sich mit einem Fichtenzweigl und einem Tannenreiser."

So kamen wir ins Reden vom österlichen Tun und Treiben im Wald, als man noch an das glaubte, was den Alten frommer Brauch war. Brachten die Buben ihre geweihten Palmbesen heim, brockte sich jedes Hausleut drei Katzerl ab und verschluckte sie; die kleinen samtenen „Pillen" waren gar heilsam und bewahrten vor Halsweh und Brustkrankheiten. Der Palmbesen aber wurde noch vor dem Essen „auseinandergerichtet"; man wählte die neunerlei Holzzweiglein mit Bedacht. Das Hollerne für den Wurzgarten, Felber und Schlehdorn, Haselnuß und Kranewitt für Korn-Hafer-Klee- und Krautfeld. Sie sollten vor Hagel und Dürre schützen. Die Palmzweige kamen unters Kreuz im Herrgottswinkel und ins Gebälk unters Hausdach als Schild gegen Blitz und Brand. Dann erst setzte man sich an den Tisch zum Mahl, bei dem an diesem Tag kein Fleisch aufgetragen wurde.

„Sie haben den Palmsonntag, der ja eigentlich an den jubelnden Einzug des Herrn erinnert, still, wie einen Trauertag gehalten im Wald; meine Mutter hat ihn sogar den „schwarzen" Sonntag geheißen. Auch der Gründonnerstag ist bei uns immer ein stiller Tag gewesen. Keine Arbeit wurde getan, man hätte sonst den Toten die Ruhe im Grab gestohlen. Kein Bettler durfte etwas aus dem Haus tragen. Verkaufen durfte der Bauer schon gar nichts. Er hätte sonst den Hexen Gewalt über Haus und Hof gegeben. Um die Mittagszeit hat man den Ochsen rote Fleckerl zwischen die Hörner gebunden, damit der böse Neid ihnen am Karfreitag nichts anhaben könne. – „Neidfleckelern" hat man sie geheißen.

So still der Tag war, so laut hat es zu den Gebetszeiten um die Höfe gescheppert. Als ob der Sturmwind alle Dachschindeln davonprasselte; da sind die „Ratschenbuben" umgegangen, weil alle Glocken nach Rom gezogen waren. Ihr Spruch war talauf und bergab überall derselbe im ganzen Wald:

„Wir ratschen, wir ratschen den Englischen Gruß,
daß jeder katholische Christ beten muß!
Kniet nieder, fallt nieder auf eure Knie
und betet drei Vaterunser und Ave Marie!"

Nach der Auferstehung haben sich die Buben dann ihren Lohn geholt; ein paar rote Eier und einen Ratschensechser. Der Karfreitag ist schier noch stiller hingegangen. Man hat nur das Nötigste getan in Haus und Hof.

Schon früh ist die Bäuerin lange unter der Haustür gestanden und hat nach dem Wetter ausgeschaut: es soll Reif fallen am Karfreitag; dann wird im ganzen Jahr kein Frost die Felder verbrennen und kein Hagel die schießenden Körner zerstampfen. Aber es darf kein Regen tröpfeln; wenn der Himmel um den gestorbenen Herrgott weint, brennt im Sommer eine große Dürre die Wiesen und Felder aus.

„Unsere Kuhdirn" – erzählte der Moosbauer – „mußte vor Sonnenaufgang das Grastuch melken, daß die Kühe viel Milch gaben; nachher hat sie die Stalltür mit drei Dorngerten verriegelt, daß die Hexen nicht in den Stall konnten. Selbst wenn sie beim Nachbarn kleine Kinder gehabt hätten und ihnen plötzlich die Milch ausgegangen wäre, die Mutter hätte keinen Tropfen hergeliehen. Wer an diesem Tag etwas verborgt, das im Stall genutzt wird, der liefert den Hexen und Neidern alles Vieh aus. Dagegen hat die Mutter gesorgt, daß die Eier das Jahr über im Haus blieben; sie legte auf die Gred

einen großen Faßreifen, streute Weizen und Kukuruzkörner hinein und lockte die Hühner; wenn jedes Huhn im Innern des Reifens gefressen hatte, verlegte es kein Ei mehr und es blieb auch vor dem Geier geschützt.
Der Knecht ist mit der Drischel in die Wiese gelaufen und hat den „Scheren" gedroschen; der Maulwurf konnte nicht soviel sensensengende Haufen in den Wiesen aufwerfen, wenn die Drischel richtig über das junge Gras pochte. Am Karfreitag durfte auck kein Brot gebacken werden; denn soweit sich der Backofenrauch hinzog, soweit vertrieb er den Regen.
Eh' am Karfreitag die Sonne aufging, sind die Hausleute verstohlen zu den Kornfeldern gegangen; wer sich mit dem Tau benetzte, der blieb gesund. Die Dirndln, die sich das Gesicht im Frühtau wuschen oder in einem fließenden Wasser, an dem alles vorüberging, wurden schön – die „Sommerschekkigen" bekamen wieder eine weiße Haut. Aber es durfte einen niemand dabei sehen. Und das wollte halt bei der hinterhältigen Burschenneugier keiner gelingen; die „Sommerscheckigen" sind darum nicht ausgestorben . . .
Wenn in der Kirche das „Gloria" anging, mußte man einen großen Stein heben; dann wurde man stark. Ich hab' den „Bärensepp" noch gekannt, der allein alle Tanzböden ausgeräumt hat und eine Fuhre Heu aus dem Graben lupfen konnte. Der hat als junger Bursch den rechten Augenblick erwischt; er ist rechtzeitig aus der Kirche hinter die Friedhofmauer gelaufen und hat einen losen Stein dreimal gegen die Sonne gestemmt.
Während der Frühmesse mußten die jungen Dirnen die Obstbäume schütteln, dann trugen sie viel Frucht. Den Buben hat der Karsamstag viel Freude gebracht; da bekamen die vier- und fünfjährigen „Kittelmännlein" ihre ersten Hosen,

und viele Kinder hatte der „Taufgod" gleich „als a's ganzi ausgwandt". Manch einer kam mit einer dicken silbernen Uhr im Leibltaschl daher. Aber oft sind die neuen Hosen und Janker bald zerrissen gewesen, denn im Friedhof wurde das „Judasfeuer" angezündet. Der Mesner verbrannte die vorjährigen heiligen Öle mit alten Sargbrettern. Und die Buben rauften sich um einen „O-brand" (Abbrand). Die verkohlten Holzstücklein steckte man daheim unters Hausdach gegen Feuer und Blitz, man streute die Krümlein in die Felder gegen Hagel und Kornbrand."

Vom Drahberg kam der böhmische Wind; es wurde kühl auf der Bank und über dem Spitzberg glomm der Abendstern. Während wir in die Stube gingen erzählte mir der Moosbauer die schönste Ostergeschichte aus seinem Leben:

„In der Ostersonntagsnacht bin ich oft noch lang vor dem Tagen mit meinen Brüdern auf den Steinriegel hinterm Haus gerannt. Man hatte uns gesagt, daß die Sonne drei Luftsprünge macht, wenn sie aufgeht. Und wer das sah, der konnte ein großer Mann werden.

Einmal ist auch der Nachbarmichl, ein gescheites, schwaches Bübl, mit uns gegangen. Es war ein seltsames Jahr damals; alles hat schon um Ostern geblüht wie sonst im Mai. Der Kirschbaum auf dem Riegel ist wie eine weiße Wolke gegen den finsteren Himmel gestanden. Der Michl ist ganz hoch auf den Baum gestiegen und wie es rot um die Berge wurde hat er geschrien: ‚Sie hupft – sie hupft!' Und hat mit den Armen gewunken. Wir haben ganz erschrocken auf die Sonne vergessen und zu ihm hinaufgeschaut; auf einmal war ein Krachen in den Ästen und der Michl ist auf die Steine heruntergefallen; eine Wolke Kirschblüh hat um ihn geschneit. Aber sein Gesicht ist weißer gewesen als die Kirschblühblätter.

Wir haben ihn kaum heimtragen können, so voll Angst waren wir. Er ist dann lange krank gelegen. Aber ein großer Mann ist er doch geworden: Domherr in Würzburg. Und jedes Jahr um Ostern hat er uns eine dickwampige Flasche Wein geschickt und einen Zettel dazu: „Zur Erinnerung an unsere Sonnenhupfer!' . . . Jetzt ist er schon lange tot." –
In der Nacht vom Ostersonntag zum Ostermontag wisperten die Kammerfenster, die Burschen holten sich von ihrem Dirndl das „Osterpackl". Darein hatte der Schatz allerhand Liebes gebunden und ein paar gefärbte und geschneckelte Eier dazugelegt. In etliche waren Sprüche geritzt, wie „Lieben und nicht haben, ist härter als Steine graben!" Oder gar: „Die Lieb, die hat die Katz gefressen – Du hast mich schon lang vergessen!"
Am Ostermontag ist das junge Volk auch immer „auf Emaus" gegangen, ins nächste Dorf. Das ist ein lustiger Gang gewesen. Und wenn es auch manchmal im Wirtshaus, wo sie einkehrten – wie einst Jesus und seine Jünger – um ein Dirndl heiß hergangen ist und sich die Burschen das Osterbier ins Gesicht schütteten, oder gar die Krugscherben ins Hirn hauten, nachher war allemal wieder die Liebe da.
Und die Sterne haben gar lustig vom Osterhimmel auf die tuschelnden Heimwege gezwinkert.
Kein Wunder, daß dann in der Nacht die Kammerfenster keine Ruh gehabt haben.
Es ist stockfinster gewesen in allen Höfen und es hat so mancher ans unrechte Fenster gepumpert. Denn in den Häusern ringsum hat man am Ostermontagabend kein Licht angezündet. In dieser Nacht haben die Schergen den auferstandenen Heiland gesucht und die Wäldler meinten, sie würden den Herrgott verraten, wenn sie aus den Stubenfenstern leuchten wollten . . ."

... Es war ganz dunkel geworden in der Stube. Nun schauten wir beide schweigend zu, wie durch die Fenster langsam ein heller Schein glomm und sich immer breiter über die Dielen legte.

Über dem Berghang war der Mond aus den Wipfeln gestiegen.

Und stand dann groß und rund im erblauenden Himmel, über dem schwarzen Wald, der dem Osterfrühling entgegenschauerte ...

Karfreitag unterm Osser

Um drei ist im Einödhof die Uhr stehn geblieben.
Es ist totenstill; nur in den Kreuzfichten geht verstohlen der Wind.
Der Einöder liest: „Matthäus, Kapitel XI. Vers 6 steht geschrieben . . ."
Und nickt. Und lächelt gerührt wie ein Kind.

Am Wald liegt noch Schnee.
Aber im Wiesengraben sind die Butterblumen aufgeblüht,
und an den Hangfeldern dunkelt der junge Klee,
Palmweiden stehen weiß im Himmel, der seltsam glüht.

Jezt ist der Herrgott gestorben. Der Hund schreckt im Schlaf,
der Bauer beschwört die Hex und den Neid;
sprengt Weihwasser über Ochs, Kuh und Schaf
und seufzt: „Jetzt hat's eine traurige Zeit . . ."

Zwei Kinder aber spielen auf der Gred vor der Tür
und lachen, daß es hell durch den Nachmittag klingt.
Der Alte erschrickt: „. . . Herrgott, die können ja nichts dafür,
daß auch an Deinem Sterbtag ihre blühende Jugend singt!"

Maienwunder und Johannisnachtzauber

„... Wer heute zu ihm wallfahret, der vergesse nicht, vor Sankt Gunther auch einen Kniefall für den Böhmerwald zu tun; der Heilige hat es ja an den eigenen Handballen gespürt, wie schwer es den Deutschen fiel, sich hier eine Heimat zu roden; er hat es ja auch an dem eigenen Herzen gespürt, wie hart es ist, sich von einer Waldheimat loszureißen." –
Das lese ich in einem vergilbten schmalen Heftl des „Bayerischen Waldvereins" aus dem Jahre 1926; und der das vor 60 Jahren an den Schluß einer herzwarmen Arbeit über den „Heiligen Wegbauer" des bayerisch-böhmischen Grenzwaldes gesetzt hat, war der Böhmerwalddichter Karl Franz Leppa.
Wie doch in der Rückschau oft so manches im Leben plötzlich seltsam verflochten scheint: Da habe ich die alten Hefte aufgeschlagen, um nachzulesen, was ich einst über das Brauchtum unterm Osser aufgezeichnet hatte – und nun fällt mir auch ein, daß der Plan zu dieser Arbeit just auf dem Wege von Hurkenthal nach Gutwasser gefaßt wurde; dem Ort, wohin sie zu Sankt Gunther gewallfahrtet sind.
Das war im Frühsommer 1925, als ich Hans Watzlik auf einen seiner Waldgänge begleiten durfte. Ich hatte gerade meine Dissertation über den Hexenglauben im Böhmerwald vollendet und erzählte dem Freunde, wie mir beim Sammeln der Sagen und Hexengeschichten in den Einödhöfen auch das ganze Brauchtum des Jahres in wunderlicher Vielfalt lebendig geworden sei. Wir fanden, daß so manches davon noch nicht aufgezeichnet war, und Hans Watzlik meinte, das wäre eigentlich die rechte Ferienaufgabe für mich: das „Waldbauernjahr" zu schreiben. Es wurde kein rundes Büch-

lein daraus, wie wir es an diesem herbblauen Frühsommertag schon gefeiert hatten; denn die Ferien wurden diesmal zu kurz, weil die strengen Prüfungen in Prag schon zu nah waren. Aber im Winter darauf erschien das „Waldbauernjahr" in einigen Zeitschriften. Und weil es auch die „Monatshefte des Bayerischen Waldvereins" abdruckten, ist es mir nicht, wie so vieles, durch die Vertreibung verloren gegangen.

*

Jetzt blüht mir der Frühling im Angeltal aus den vergilbten Blättern zu. Ich rieche die regenfeuchte Dämmerung, ehe die erste Mainacht einfällt und wir Buben stechen viereckige Rasenstücke hinterm Stadel aus, lassen kleine Maibaumtriebe und „Schmirker"*) daraus wachsen und legen sie vor die Stalltüren. Denn es heißt, daß die Hexen heute in ihrer Freinacht nicht über die Schwelle können, ehe sie nicht alles Treiben und Saften auf diesen Rasenvierecken gezählt haben!
Der alte Rückl kommt vom Nebenhaus über die Gred hergeschlurpft und hat Dorngerten in den Händen, die er kreuzweise vors Stallfenster steckt. Auch auf den Misthaufen legt er Dörner und Kranewittzweige und besprengt sie mit Weihwasser.
Gegen Mitternacht, so erzählt der alte Rückl-Mathes, ehvor sie zum Hexentanz reiten, hocken sich die Unholdinnen gern auf die Misthaufen jener Ställe, auf deren Kühe sie es abgesehen haben. Zum Tanz reiten die Hexen auf Besen und Ofenbänken; wer auf einem Kreuzweg steht und mit geweihter Drei-Königs-Kreide einen Kreis um sich gezogen hat, sieht sie sausen und hört sie plärren.

*) „Schmirker" nannte man die Sumpfdotterblumen.

Daß sie nicht immer zum Blocksberg reiten in dieser Nacht, das steht in einem wachsleinernen Büchel, in das des Stornhöllers Großvater die „Sibyllinisch Zwölfer Weisung"*) abgeschrieben hat; auf dem inneren Buchdeckel fand der Mathes die Örter zwischen Brennes und dem Spitzberg aufgeschrieben, wo so mancher nächtliche Wanderer die Hexen tanzen sah; und meist waren es alte Birken auf einer kleinen Blöße, um die sie reigten.
Nicht nur die Hexen zaubern in dieser Nacht. Die armen alten Weiber möchten auch ihr Teil an den Wundermitteln, die heut frei werden. Die Gilgnres, ein einschichtiges, notiges Leut, ist einmal eine ganze Mainacht lang neben einem Scherhaufen gesessen. Der Schinder hatte ihr erzählt, daß man früher mit dem linken Krallenpratzel eines Scheren**) so dick den Rahm ins Milchhäfen zaubern konnte, so tief man das Mainachtpratzl eintauchte. Das Harte dabei war nur, daß man den Scheren mit der Hand fangen mußte. Drum saß die Gilgnres die ganze Nacht umsonst neben dem Scherhaufen. Als der Schinder das hörte, zahnte er recht falsch: „Du hättest halt hundert Jahr früher auf die Welt kommen müssen; da war es leichter in der Mainacht unter einem Hochgericht den Schwurfinger eines Gehenkten zu erwischen; mit dem hat man noch mehr zaubern können als mit so einem armen Scherenpratzl."
– Aber das, Buben, deutet der alte Mathes in die einfallende Finsternis, war wirklich ein Mainachtszauber. Dem wilden Jäger, der in der Hofstatt gehaust hat, konnte keiner was anhaben, weil er den Fingernagel vom Schwurfinger eines Galgenbruders unter der linken Irxn getragen hat. Und der

*) Das Volksbuch „Zwölff Sibyllen-Weissagungen" seit 1677 im Laufe der Jahre viel verändert.
**) Maulwurf.

Blöchzacherl, der bei jedem Kartenspiel gewonnen hat, der soll auch so ein Zauberknöcherl gehabt haben . . .

*

Es war viel Scheusames für uns Buben in jenen Mainächten. Es ist auch kein Monat schneller mit dem Angelwasser ins helle Land hinein verronnen, als der Mai. Kaum hatte ein sonniger Morgen die goldene Glut der „Milchblumen" entzündet, bliesen wir schon ihre weiß erlöschenden „Lampen" aus. Der Frühling schien jäh auf Pfingsten zu drängen, weil er so spät gekommen war. Oft dampfte das Tal im Donnerwinkel tagelang unterm kühlen Regen; dann lachten die Alten über das Granteln der Buben, die auf den nassen Berghängen hüten mußten: „'s Wachswetter is richtig, wenn der Mairegen bleibt, bis der Goaßlstecka treibt!" – Und wenn am Abend die nassen Kotzn auf der Stange überm Kachelofen dampften, hieß es: „Jetzt soll's regnen, daß dem Hütbuben die Joppe vom Buckel fault!" Feilich, wenn dann um die Maimitte statt kühlem Regen eisige Graupeln vom Himmel prasselten und es nachts gar aufklarte, da zündeten sie zum Nachtgebet sogar die geweihten Wachsstöcke an und seufzten „Gott tu uns trösten vor der Eisheiligen Frösten".
In so manchem Jahr aber stand bald nach der kalten Sophie und dem Tag des heiligen Johann Nepomuk Pfingsten im Kalender; und die knospenden „Poblrousen" waren frostverbrannt; die Pfingstrosen, die in jedem Bauerngärtel vor dem Haus zu diesem Fest prunken sollen.
„Haben die Jungen ihr Getu mit dem Pfingstl-Einsingen, ist es drüben im bayerischen ein rigelsamer Tag mit Wettritten und Wasservogel-Rennen; wir im Kreuzwinkel halten Pfingsten als einen stillen Tag und lusen, wie das Korn wachst",

sagte der alte Esterltoni, wie ich fragte, ob es denn hier im Kreuz- und Donnerwinkel nicht auch einst lustige Pfingstbräuche gegeben habe wie anderwärts. Im Jahr zuvor hatte ich im Oberpfälzischen das „Pfingstlasgehen" erlebt. Zwölf belarvte Burschen in langen weißen Hemden, hölzerne Schwerter zur Seite, in ihrer Mitte der „Pfingstl", mit Strohbändern gegürtet, einen umbuschten Topf als Helm über der rotschwarzen Larve, ziehen sie von Haus zu Haus. Sie singen ein langes Lied, das mit „Alleluja" beginnt und dem saftigen Bettelvers endet:

„Bin i heut Nacht auf da Ofaplatt'n gsess'n
homa d'Schwaben a Loch in Oan gfress'n.
Gebts ma a Maß Schmalz und an Schilling Oia dro
daß i' mei Loch wieda zouhaln ko . . ."

Als ich das dem Toni erzählte, meinte er, wenn ich mich zu Pfingsten bei ihnen im Kreuzwinkel bei den Bauern umgeschaut hätte und nicht im Donnerwinkel bei den Holzhauern, denen der Boden nur gehört soweit es von ihrer Dachrinne tropft, dann wär' mir auch bei uns der „Pfingstl" untergekommen. Wohl werde da der „Pfingstl" mit Strohbändern gefesselt und der größten Schelle behängt, im Wagerl herumgefahren; aber das Lied, das die Buben von dem Hüter, dem „Hehnergreifer" singen, sei auch nicht viel schlechter, als das der Oberpfälzer.
Das war ein Jahr nach dem Ersten Weltkrieg gewesen, da der „Pfingstl" zum letzten Mal im Kreuzwinkel umzog. Ich selber hab ihn nimmer gesehen. Aber so manch anderen „Pfingstl" sah ich noch: Denn wer am Pfingstsonntag als letzter aufstand, wurde ebenso der „Pfingstl-ogstorbn" geheißen, wie der am längsten zum Anziehen brauchte, und der Hüt-

bub, der als letzter mit seinem Vieh auf die Waldweiden kam. Und ich hab noch den Vers im Ohr, den man auch mir manchmal spottend nachgesungen hat: „Pfingstel-ogstorbn! Warst verdn gstorbn, warst heuer net der Pfingstel worn!" ... Am Abend des Pfingstsamstags schnalzte, pleschte, klatschte und prasselte es um alle Höfe; auch die erste Pfingstnacht galt im Wald als eine Hexennacht und wenn die Hütbuben es verstanden, richtig mit der Goaßl zu schnalzen, konnten die Hexen ihrem Vieh nichts anhaben.

Dafür waren dann die Unholdinnen in der Johannisnacht viel gefährlicher; nicht einmal das geweihte Kranzel vom Fronleichnamstag half als Talisman gegen sie. Die Burschen mußten am Vorabend mit brennenden Besen feurige Räder in die Luft zeichnen, wenn sie die Sonnwendfeuer anbrannten.

Es war die zauberreichste Nacht des ganzen Jahres. Wer das Glück hatte beim ersten Feuerschein Lattich, Farnkraut und Königskerze zu brechen, dem brachten die Kräuter seltene Heilkraft. Das Johanniskraut gar, in der Mitternachtsstunde gebrockt, heilte alle Krankheiten.

„In der Johannisnacht" – so schrieb ich es vor sechzig Jahren nach den Worten der alten Rudlin auf – „tragen Blüten, deren Wurzeln die Zähren eines unschuldigen Sonntagskindes getrunken haben, goldene Körnlein; wer sie findet, den schützen sie vor Unglück und Not. Kein Feuer bricht im Stadel aus, wenn man sie unter die Tenne legt. Das Vieh bleibt gesund, bohrt man sie in den Barren. Im Wald, wenn sich die Felsen um Mitternacht zurechtrücken und das Gold unter ihnen glänzt, fällt der Farnsamen. Er stürzt mit solcher Kraft nieder, daß er auch die dickste Eisentruhe durchschlägt. Nur ein schwarzes Schaffell kann ihn aufhalten. Es muß von einem Böcklein sein, das in der Christnacht gelammt wurde.

Wunder kann der Besitzer des Farnsamens tun. Keine Macht kann ihn zwingen. Er kennt Hexen und Hexenmeister. Sie müssen ihm fronen. Keine Kugel kann ihn verwunden. Sein Arm ist eisern. Er hat die Kraft von 20 Männern. Er kann sich unsichtbar machen. – Aber nur alle tausend Jahr ist es einem Sonntagskind vergönnt, zur rechten Zeit den zeitigen Farnsamen zu bannen."

Weil dieses Glück so rar war, mußte man sich im Wald mit kleinen Wünschlein begnügen: Holzkohle und angebrannte Äste vom Johannisfeuer ins Feld gesteckt, schützten vor Blitz und Hagel; je länger die Äste und Stecken vom Feuer, desto höher geriet der Flachs. Bescheidene Gänseblümel sogar, in der Geisterstunde gebrockt, waren freundliche Helfer bei allem Tun, trug man sie getrocknet über dem Herzen. Dem Vieh aber gaben sie auf der Osserhütte um Mitternacht gebackene, kreuzweis übereinander gelegte längliche Nudeln und ein Antlaßei in den Barren, damit es gesund bleibe und weder Hex noch Drud fürchten brauchte.

Bauernpfingsten

Der alte Hansbauer, vom Rasten müd,
möcht schaun, wie das Korn heuer steht.
Der Pfingsttag in silberner Bläue glüht,
wie der Alte den Rain entlang geht.

Und wie er so schaut und mummelnd sinnt,
steht ein Leuchten über dem Rain.
Das Feld wallt dunkel im hellen Wind
und hüllt ihn mit Kornblührauch ein.

Es lächelt, und es sind Glanz und Licht
wie ein goldenes Feuer um ihn,
die Ähren brennen in sein Gesicht –
er sieht den Herrgott im Kornfeld knien . . .

Waldsommer und herbstliche Wallfahrt

Dann wars hoher Sommer auch im Wald. „Im Juli will der Waldler schwitzen und nicht hinterm Ofen sitzen" hieß es. Und die Tage „Mariä Heimsuchung", „Siebenbrüder" und „Margaret" waren auch hier als Regentage gefürchtet. Der gefürchtetste Tag aber war der des Hl. Ulrich, an dem kein Fuhrwerk unterwegs sein durfte. Dem Wingalbauer hätte man an diesem Tag auch 199 Gulden für eine Fuhre bieten können, seine Ochsen wären im Stall geblieben. So ein Antrag wär ihm auch sehr an die Leber gegangen, denn es hieß, der Ähnl des Wingalerers sei an diesem Tag mit einer Holzfuhre ins Klammerloch gestürzt und die Leute meinten, es wäre ihm halt so gegangen wie jenem Ulrichsfrevler in Greising, den die Erde verschlungen hatte.

Regnet es an diesem Unglückstag, kann hinter jedem Grashalm ein Misthaufen stehn – es wird doch nichts wachsen. – Seltsamerweise aber war es gleich drüberhalb des Ossers, in der Lam, der lustigste Tag im Jahre. Dort hielten sie den Ulrichskirta – und die Hammerer, die daheim den Tag so scheuten, taten jenseits der Grenze wacker mit.

Um Jakobi aber gings einst weit, bis zum Dreisessel hinunter, zum „Hirtenkirta". Aus Bayern, Böhmen und Oberösterreich sind sie an diesem Dreiländereck zusammengekommen. Die Ochsenhörner haben um die Wette geröhrt, Zithern gerasselt und Pfeifen geschwegelt, die Hirtenlustigkeit hat sich dreimal überschlagen. Heute schauen die vertriebenen Wäldler an diesem Tag mit brennenden Augen über die Grenze, wo die alte Heimat versteppt und ertrinkt . .

*

August. Erntezeit. Der Hundsstern steht überm Wald. Der Himmel fahlt, bleierne Gewitter orgeln, der ganze Donnerwinkel ist ein einziger grollender Schall, so brechen sich die Schläge rings an den schwarzblauen Bergwänden.
Im dunklen Spiegel des Schwarzen Sees aber leuchtet schon hie und da ein erblichenes Blatt, wenn die Bäuerinnen drunten im Tal die Kräuterbuschen binden und die Fraueneier für den Winter zurücklegen.
Jetzt ist die Spätsommerblüh der hohen Waldwiesen. Die schönste Zeit oben auf den Kämmen und Hängen. An „Maria Himmelfahrt" rastet sichs gut dort oben, während der Wallfahrt nach Neukirchen Hl. Blut.
Jahr für Jahr sind sie an diesem Tag über den mächtigen Osserrücken ins jenseitige bayerische Tal gestiegen. Und nachts dann, auf dem Heimweg durch den sausenden Wald, hat der Himmel die Tränen des hl. Laurentius über die Heimkehrenden gesprüht; und man hat geglaubt, die vielen funkelnden Sternschnuppen müßten rings auf den Bergrücken wie brennender Schnee liegen bleiben.

*

In den letzten Schwalbenruf pochte manchmal schon der erste Drischelschlag. Und nach dem letzten Drischelschlag – es lag meist schon Schnee auf dem runden Osserrücken – kamen die „Ofaschüsslrecka" an die Fenster. Verlarvte Wesen, die sich stumm auf die Ofenbank hockten, bis eine Ziehharmonika zu spielen anhob.
Jetzt gings auf als ob Fasching wäre. Der Tanz aber währte nicht lang; ehe die Uhr zehn schlug, stolperte die „Habergeiß" herein, das greuliche Gespenst mit dem stangenlangen Hals, das die Maschkera vertrieb, bis es selber ausgeschafft

wurde und den Winter über verschollen blieb. Erst am Faschingsdienstag begann wieder sein schreckhaftes Treiben. Um die Zeit aber, da die Ebereschen glühten, der Himmel silbern über den Hochmooren hinter Hurkenthal lag, zogen sie einst auch aus dem Angeltal, aus dem Donnerwinkel und dem Kreuzwinkel über die Höhen nach Gutwasser, wo der hl. Gunther, der Vetter Kaiser Heinrichs, als armer Einsiedler am 9. Oktober des Jahres 1045 gestorben war, nachdem er seinen Steig durch die Waldwildnis getrieben hatte.
Auf daß zwischen Bayern und Böhmen ein guter Weg in eine bessere Zukunft führe, wie der fromme Mönch meinte.
Heute führt uns kein Steig mehr hinüber.
Und des Heiligen Wallfahrtskircherl ist schon lange verfallen.

Wenn die armen Seelen wanderten . . .

Wie war das doch – um Allerseelen – daheim, im Böhmerwald?
Nach Galli und Kirchweih standen die Nächte noch sternenhell überm Bergwald, aber um Allerseelen, da fiel dem Himmel das Leuchten aus den Händen; und die Wolken zogen oft schwarz und schwer über die sausenden Wälder.
Wo sich die Totenbretter um Kapellen und um einsame Kreuze scharen und täglich an die Abgeschiedenen mahnen, haben die Toten auch am Allerseelentag mehr Anteil am Tun der Lebenden als anderswo.
So wars auch einst im Böhmerwald.
Da war noch dunkel die Erinnerung an die Winternächte wach, von denen die Sagen erzählen, daß die Schatten der Toten mit dem Sturmwind über die Wälder jagten. In dieser Nacht – so meinten die Leute – dürfen die armen Seelen ganze zwölf Stunden lang über die Erde gehen.
Man hörte sie mit dem Wind übers Hausdach rauschen.
Und wenn Regen und erste Schneekörner ans Fenster pochten, glaubte man, die Toten würden sich melden.
Im Herrgottswinkel beim Aschenbrenner am Fenzlhof brannte das große Armseelenlicht; die Leut' saßen um den Tisch, ein jedes hatte den brennenden Wachsstock vor sich und betete für die Toten. Dabei starrten sie alle angstvoll in die Flämmchen, die vor ihrem wehenden Mundhauch zuckten; denn wenn ein Lichtlein erlosch, mußte auch eine arme Seele für die es brannte, ziellos durch die Nacht irren.
Die Schatten der Toten schauten, eh sie sich um Mitternacht in der Kirche versammeln mußten, in die Häuser, in denen sie einst gelebt hatten. Darum taten die Hausleute, bevor sie

in die Schlafkammer gingen, die Löffel neben die halbgefüllten Schüsseln und legten das große Brotmesser auf den angeschnittenen Brotlaib, wenn es etwa die armen Seelen bei ihrer Rast am Tisch hungern sollte. Und man achtete darauf, daß in der Stube ja kein Messer mit der Schneide nach oben lag, sonst hätte eine der Seelen darauf rasten müssen.
Von dieser seltsamen Wanderung der Seelen wußte der alte Rückl-Mathes eine Geschichte zu erzählen, die einst in dem Städtel Winterberg geschah. Dort war es der Brauch, in der Friedhofskirche um vier Uhr früh für die armen Seelen eine Messe zu lesen. Eine Frau, die am Ringplatz wohnte, hörte es im Schlaf läuten und meinte, es sei Zeit zur Allerseelenmesse. Sie schleunte sich und kam doch als die letzte in die Friedhofskirche, wo sie kaum mehr einen Platz finden konnte. Plötzlich merkte sie, daß sie keinen der Beter kannte; ja auch der Pfarrer hatte ein fremdes Gesicht. Da zupfte sie jemand am Ärmel und sie sah, daß es ihre längst verstorbene Taufpatin war. Die gab ihr ein weißes Tuch und flüsterte: „Nimms über den Kopf und wirfs vor dem Friedhoftor weg! Schau Dich nit um und geh schnell!"
Jetzt wußte die Erschrockene, daß sie in die Messe der Toten geraten war.
Als sie atemlos heimkam, schlug es vom Kirchturm eins.
Waren für die Toten in ihrer Nacht die Schüsseln auf dem Tisch zurechtgestellt, so lagen für die Lebenden die „Seelenwecken" in Körben bereit. Die alten, vergessenen Totenopfer waren zum „Brottag der Lebenden" geworden:
Am Allerseelentag – oft auch noch die ganze folgende Woche über – holten sich die armen Leut, ja auch die „notigen Häusler" bei den Bauern die „Seelenspitzl" und die „Seelenwecken"; das waren einfache Gebildbrote – aus Roggenmehl im Wald, Zöpfe aus Weizenmehl mit Rosinen in den wärme-

ren Niederungen gegen das Böhmische zu –, wie sie wohl einst für die Toten selber als Opfergaben gedacht waren. Nun aber war das eilige „Vergelts Gott für die armen Seelen!" oder ein rasches Vaterunser, das die Bettelnden unter der Türe hinhaspelten, das einzige Opfer geblieben, das vom Leben den Toten gelassen wurde.

Der „Brottag der armen Leute" ist aber bei uns im Wald doch nie so ausgeartet wie drüben im Bayerischen. Dort gingen Leute aus dem Arberwald sogar mit großen Tragkörben bis weit ins Gäu hinein und suchten sich gegenseitig die „guten Plätz" abzulaufen, so daß die an der Donau den einst frommen Bettelbrauch mißmutig „Das große Kirmrennen der Waldleut" nannten.

In den Friedhöfen, wo oft neben den kalten, glatten Steinen noch schöne, alte schmiedeiserne Kreuze standen, blühten die Gräber. Es gab keines, das ohne Schmuck war an diesem Tag. Und wenn es nicht einmal zu den weißen und rosaroten Röseln aus Kreppapier reichte, der gute, große Wald bot genug: neben den dunkelgrünen Reisern silbergraues Moos und rote und braune Beeren, Zapfen und Buntlaub. Und oft waren die Gräber mit so lieber und frommer Einfalt gerichtet, daß einem das Vaterunser frömmer von den Lippen brach als sonst.

So war es einmal, daheim, im Böhmerwald um Allerseelen. Wer wird heute an den Gräbern stehen, den verfallenen, verkrauteten, über denen die Kreuze und Steine umgerissen liegen?

Landsleut, laßt es gut sein! Der Herrgott hält seine Sterne darüber und läßt sie als die Lichtlein funkeln, die ihr dort nimmer anzünden könnt . . .

Im Bergwind aber ging um diese Zeit schon der Atem des ersten Schnees. Er überstäubte hell die frischgeschmückten

Gräber und im Wald schnob schon das blühweiße Rössel des Heiligen Martin, der mit dem Winter ins Tal reiten wollte. Der hl. Martin – den sie im Wald den „langweiligsten aller Heiligen" nannten, weil er erst elf Tage nach Allerheiligen kommt, obwohl er doch der einzige Heilige ist, der ein Roß hat – grüßte meist gar trutzig und ritterlich: „Martini, mit Schnee und Eis, da bin i!"

Seine Vorboten aber rauschten schon um Allerseelen über den Osserwald; der Sturm fegte sie naß und flockend vor die Fenster und die Gipfel leuchteten silberhäuptig über die schwarzen Wälder her, wenn sich die Nebel hoben . . .

Die grausige Lucie

. . . und die Hexen in der Weihnachtsmette

In den Adventnächten, die dunkel und lange über den Osser her ins Angeltal hingen, waren die Träume des Knaben oft wirr und bang. Da hatten sie an den frühen Abenden in der Stube beim Aschenbrenner gespenstische Geschichten von Hexen und heidnischem Mettenzauber erzählt, die nun scheusam lebendig wurden; da war noch das Beben im Herzen, vor dem Begleiter des Niklos, der – ein häßlicher Zwitter zwischen Teufel und Bär – das kleine schlechte Gewissen des Jungen aufgerüttelt hatte. Und da schlich die greuliche Lucie als böser Alp durch die angstheißen Nächte.

Diese Heilige, die helle Lichtbringerin – es konnte später keiner mehr recht erklären warum – hatten sie im Wald zu einem zottigen Unhold gemacht, der bei einbrechender Nacht mit einem langen, hölzernen Messer und einer hölzernen Schüssel in die Stuben schlich und hexenhaft drohte: „Ein Multerl voll Darm – eine Gelten voll Blut . . ."

Als die Lucie auch einmal, und wohl noch häßlicher als sonst ins Forsthaus kam, schüttelten Angst und Grauen den Vierjährigen so sehr, daß er wochenlang die Süßigkeiten nicht mochte, die der Spuk, selbst von des Kindes Schreien erschrocken, auf den Estrich geschüttet hatte, ehe er schleunigst verschwand. Das blutdürstige Gespenst der Lucie aber blieb, auch als der Heranwachsende schon lange wußte, daß es der junge Forstadjunkt gewesen war, noch Jahre hindurch der drudenhafte Unhold seiner Träume, die in den Adventnächten von den Geschichten in der Sitzweil beim Aschenbrenner belebt wurden.

Diese Geschichten gehörten zur Waldweihnacht unterm Osser wie das Läuten der Mettenglocken, das der Wind aus dem Angeltal herauftrug. Wie verzaubert war dieses schmale Tal oft, wenn eine mondhelle Christnacht über den weißsilbernen Wäldern stand.
Die unterm Osser freuten sich, wenn die Nacht sich hell und klar über den Berg her wölbte. Sie sagten, daß die sternigen Christnächte immer blühende Felder verheißen hätten und goldenes Korn. Es ging ein alter Spruch bei den Kirchgängern, von hellen Metten und finsteren Stadeln; und der Hansbauern Ähnl trug seinen Hausleuten immer schmunzelnd auf, sie sollten die Sterne zählen; denn es werde an Remigius soviel Erdäpfel geben, als heut Lichter am Himmel stünden.
Die Christnacht galt als die größte Losnacht im Wald. Man fastete, bis der erste Stern aufging. Dann ward manch seltsamer heidnischer Brauch lebendig, dessen letzten Sinn man nicht mehr verstand. So kam der Kaspernpauli einmal gerade dazu, wie sein Nachbar, der alte Woferl, im Abenddämmern auf einem Schemel vor der offenen Herdtür saß und von einem Fichtenscheit lange Späne schnitzelte. Der Pauli erzählte später, er habe ganz stad wieder die Tür zugemacht und sei recht besinnlich geworden; denn der alte Woferl schnitzelte den „Heiligen Abendspan".
Diese Späne wurden noch nach der Jahrhundertwende in vielen Waldbauernstuben geschnitzelt. Man steckte sie unter das Dach, daß der Blitz nicht zünde. Man brach sie ins Herdfeuer, wenn ein Wetter über dem Haus stand. Und steckte sie in das Korn für die Sommersaat, daß es gut aufgehe und fruchte.
Damals, als der Pauli das erzählte, fiel ihnen ein, es sei noch gar nicht so lange her, daß man im Donnerwinkel die Brun-

nen „füttern" ging und die Obstbäume „unterzündete". Der Hüttenhoferer, Gott hab ihn selig, hätte bis zu seinem Tod beim ersten Sternenschein eine Handvoll Semmelbrocken, Salz und Felderde in den Brunnentrog geworfen und dabei den Spruch getan: „Brunn, da hast eine Semmel und Salz; Gott gib die Kraft und dein Wasser – erhalt's!" Er ging auch zu den Obstbäumen, umwand sie mit Bändern, schüttete eine Schaufel Herdglut an den Stamm und sagte: „Apfelbaum, Birnbaum, Kerschbaum, hier hast du Glut und Kraft, blüh das nächste Jahr im Saft!" Und die Hüttenhoferin, wenn sie noch lebte, würde wohl heute noch vor dem Mettengang, wenn die anderen schon aus dem Haus sind, in den Stall gehen, unter der Tür Kranewittbeeren und Tannenreis anzünden und dem Vieh ein Stück Brot mit geweihtem Ostersalz eingeben.

Im Viehstall ist es in dieser Nacht überhaupt seltsam zugegangen, wie sie erzählten. Um Mitternacht hat das Vieh wie die Menschen geredet; und es hat manches Zukünftige vorausgesagt. Die Geschichte von des Stornhöllbauern Urähnl ging noch lange im Donnerwinkel um. Der Stornhöller wollte einmal hören, was seine Ochsen wußten und legte sich unter den Barren. Um Mitternacht hat plötzlich der Blaßl zum Schecken gesagt: „Du, wir werden noch in diesem Jahr eine schöne Fuhre haben. Wir müssen unseren Bauern auf den Friedhof ziehen!" Der Schreck darüber muß dem Stornhöller das Leben abgestoßen haben. Am anderen Morgen fand der Knecht den Bauern stöhnend unterm Barren; und drei Tage später war er hinüber. Die beiden Ochsen mußten den Sarg wirklich nach Eisenstraß ziehen, denn der Schnee lag hoch und der Friedhof war weit. Freilich meinten einige, wenn die Geschichte erzählt wurde, dem Stornhöller unter dem Barren habe halt einer der Ochsen die Leber abgetreten.

Aber das hielt die andern nicht ab, in der dämmerdunklen Stube noch manches zu erzählen, wie sich oft in der Christnacht der Tod angekündigt hatte.
Nicht nur beim Mahl vor dem Mettengang, schaute der Hausvater besorgt an die Wand, ob er auch den Schatten eines jeden sah; wem da das dunkle Abbild fehlte, dem war es aufgesetzt zu sterben, ehe das neue Jahr verging. Auch der Löffel der einem beim Essen aus der Hand fiel, läutete schon als Totenglöckel. Und wenn vollends einer sich einen Apfel mit einem faulen Kernhäusl aufschnitt, dessen Leben war bereits auf Tage gezählt. Beim Mettengang dann, auf den verwehten und vereisten Steigen, ging es allen wie ein Stich durchs Herz, fiel eines der Hausleute hin; der Tod hatte ihm den Deuter gegeben, daß er es bald holen wolle.
Um zwölf Uhr aber, so erzählten sie, hängt ein Rauschen über dem Ort, wo sich zwei Waldwege kreuzen: Die Schatten aller, die im nächsten Jahr auf den Friedhof mußten, treffen sich an diesem Platz. Stand einer auf so einem Kreuzweg, konnte er die Todgeweihten sehen. So mancher soll sich frevlerisch selbst erschaut haben; und ehe noch die nächste Christnacht aufging war er in der Grube. Darum, so meinten sie im Eifer des Erzählens, habe es in den letzten fünfzig Jahren niemand mehr gewagt, auf einem Kreuzweg diese grausige Mitternachtsprozession zu erwarten. Wer nicht in die Mette ging, konnte erfahren, ob eines aus dem Hause sterben müsse, wenn er durch den Rauchfang zum hellen Himmel schaute; sah er dort oben eine Totenbahre schatten, wußte er, daß man bald eine Leiche über die Schwelle tragen werde.
Es blieb aber einst kaum jemand daheim, in der Mettennacht. Das Leut, das nicht in die Kirche ging, mußte schon todkrank im Bett liegen oder es konnten die alten Füße den Leib nimmer tragen. Wer ohne Grund daheim blieb, dem

schepperte es, mit wüster Stimme drohend ans Fenster: „Alte Frett'n – gehst net in d'Metten?"
Und wer gar daheim werkte an diesem Abend, der verfiel dem bösen Zauber. Da hatte der Lenzenschuster im Kreuzwinkel hinten dem Riegelbauern ein paar neue Schuhe für den Weihnachtstag versprochen. Aber der Schuster war ein Durstiger und versaß die Zeit im Wirtshaus. Als ihm der Riegelbauer drohte, er werde ihn aus dem Häusl jagen, wenn er nicht am Weihnachtstag zur Frühmeß seine Schuhe hätte, setzte sich der Lenz noch am Heiligen Abend hin uns schusterte drauf los, bis Mitternacht. Da ging auf einmal die Tür auf, in einer stinkenden Schwefelwolke reckte sich ein Pferdefuß herein, und es gellte: „Hö-Hö – Lenz! Trenz nicht! Beschlag mir den Huf!" – Der Lenz ist vor Schreck wie tot vom Schusterstuhl gefallen. Und seither hat er einen kürzeren Fuß gehabt. Der weißbärtige Rückl Matheis, der das erzählte, konnte sich erinnern, wie er als kleiner Bub noch den alten Schusterlenz ins Wirtshaus humpeln sah.
Der Matheis konnte sich auch erinnern, daß es in seiner Bubenzeit noch kein Christkindl gegeben hat; und schon gar keinen Christbaum. „Wir haben halt nach dem ‚Goldenen Rößl' ausgeschaut", erzählte er; „das sollte über den Kohlriegel her gesprungen kommen, mit silbernem Geläut. Aber wir haben es nie derspechtet und hätten es so gern übers Hausdach hüpfen sehn. Wir haben vor die Haustüre ein Schübberl Heu fürs Rößl hingelegt und den ganzen Abend uns nicht gemuckst. Wenn die Schneebrocken vom Dach ans Fenster klingelten, sind wir hochgefahren und haben die Tür aufgerissen, ob das Heu schon fort und die Schüssel schon voll wäre, in die uns das Goldene Rößl was einlegen sollte. Viel hats nicht gegeben; aber man war glücklicher als heut!"
„Glücklicher als heut!" – Das sagte lang vor dem Ersten Welt-

krieg der siebzigjährige Rückl-Matheis im Donnerwinkel unterm Osser; für ihn war die „neue Zeit" damals schon recht verwunderlich anspruchsvoll. Als er ein Bub war, schien ihm schon die große Einmach-Schüssel, die das „Goldene Rößl" beim Unteren Hängbauern anfüllte, das üppigste Weihnachtswunder gegen die Suppenschüssel, die vor seiner Tür stand und in der er Kletzen, Äpfel, ein paar dürre Zwetschgen und vielleicht einen Lebzelten fand. Die Großmutter beim Unteren Hängbauern war aber auch ein Sonntagskind. Und wenn grad um die Zeit, da das Goldene Rößl über den Hang her klingelte, draußen ein wilder Sturm ging, nahm sie eine Handvoll Federn und geweihtes Salz und streute sie in den Wind, der plötzlich in eine sanfte Stille verwehte. Sonntagskinder, so sagte man, können nicht nur den Wind verscheuchen; sie dürfen auch nach verborgenen Schätzen suchen und auf das „Goldene Rößl" im Freien warten. Und das klingelte auch gleich den Hang herunter, wenn die Großmutter vors Haus trat, und füllte die große Schüssel so fest an, daß ihr der Knecht beim Hereintragen helfen mußte. Neben Äpfeln, Kletzen und dürren, süßen Zwetschgen gabs aber da noch Bärenzucker und Bockshörndln, gebackenen Ingwer und Nüsse, süße Zöpfeln und Zuckerbrezen.
Es war immer ein schlichtes Schenken im Wald. Dafür war der Zauber, den Glaube, Sage und Brauch um die Christnacht spannen, um so reicher. In dem Dämmer der Stube, die voll beizendem Pfeifenrauch war, glühte es vom Glanz des Goldes und der Schätze, die man in der Christnacht heben konnte; roch süß der Wein, der um Mitternacht aus dem Röhrenbrunnen rann. So bildhaft verstanden es diese Holzhauer und Waldbauern zu erzählen, wie das Geschmeide unter den Baumwurzeln gloste, wie der Wein in den Röhrenkasten rann – wenn einer den rechten Augenblick erwischte

und nach dem rechten Stern am Himmel schaute, bevor er den Mund an den glucksenden Wasserstrahl hielt.
Da ist – wer weiß genau wie lang es schon her – einmal ein fremder Herr in einem dicken Pelz beim Angelwirt zugekehrt. Weil die dampfenden Rösser an seinem Schlitten vor Müdigkeit zusammengebrochen sind, mußte der Wirt seine Rösser herleihen. Der Herr wollte noch in dieser Nacht ins Bayerische nach Eisenstein hinüber. Die abgetriebenen Schindmähren, so sagte der Fremde, könnte der Wirt als Lohn behalten. Der Hausl, der mitmußte, um die Rösser wieder heimzubringen, erzählte am anderen Abend ganz durcheinander, daß sie im hohen Schnee gerade bis zur „Filztitschn" unterm Schwarzen See gekommen waren, als man es über den Wald her von Eisenstraß zur Mette läuten hörte. Der Herr befahl dem Knecht, er solle am Brunnen die Rösser tränken. Die aber schnaubten und schnoben ins Wasser und soffen nicht. Wie der Knecht hinleuchtete, sah er, daß lauter roter Wein im Trog war. Jetzt rannte er schnell um einen Eimer ins Haus, aber bis er wieder zum Brunnen kam, rann nur mehr eiskaltes Wasser in den Röhrenkasten.
Dem Bruder vom Angelwirt, dem Stornmüller Naz, soll im selben Jahr in der Christnacht ein noch schöneres Wunder zwischen den Fingern zerronnen sein:
Daß hinterm Herrgottsriegel auf der alten Straße ein großer Schatz aus der Schwedenzeit vergraben sei, das erzählte man sich seit unzähligen Jahren; auch, daß so mancher schon mit fruchtlosem Zauber versuchte, das Gold zu heben. Weil es aber hieß, das vergrabene Gold sei aus Kelchen und Monstranzen zusammengeschmolzen, die von den Schweden aus den Kirchen zwischen Klattau und Neuern geraubt wurden, meinten die Leute, in der Christnacht, in der so manch vergrabener Schatz den Glücklichen durch die Erde zuglühe,

müßte man das Raubgut wohl am ehesten finden. So hatten sich der Busserl Toni aus dem Frischwinkel und der Naz heimlich in jener Christnacht aufgemacht. Sie schlichen und stolperten im finsteren Wald umher und auf einmal sahen sie es wirklich aus der steilen Riegelwand grün hervorglosen. Der Toni, schon heiß vor Freude und Gier, stieg dem Naz auf die Schultern und griff nach dem grünen Gleissen – aber da tappte er in modrige nasse Leere, über ihm lachte es teuflisch „Hihihui!", scharfe Krallen schlugen ihm ins Gesicht, und wie er vor Schreck von den Schultern des Naz fiel, riß er den noch mit in den staubenden Schnee.
Der Naz soll später erzählt haben, der Teufel bewache den geweihten Schatz; er habe ihn aus dem glosenden Loch fahren und in die Luft sausen gesehn. Und der Busserl Toni schwor, es sei ein greuslicher, glühender „Saudrach" gewesen, der ihn genarrt hatte.
Der Kaspern Pauli aber, der heimlich Bücher las, schmunzelte, wenn man an diese Geschichte rührte. Der glosende Schatz sei halt ein modriger Stock gewesen und der huiende Teufel ein Waldkauz, den die Schatzsucher aufschreckten. Aber auch er hatte seine Freude an solchen Geschichten und er wußte gerade von recht scheusamen Dingen und allerhand bösem Zauber in der Christnacht zu berichten.
Man hörte keinen Schnaufer mehr in der Stube, wenn der Pauli von den drei Frischbuben aus dem Frischwinkel erzählte, die just zur Schwedenzeit, da der Schatz am Herrgottsriegel vergraben wurde, die ärgsten Wildschützen zwischen dem Arber und der Burg Bayereck waren. Die drei gossen ihre Kugeln in der Mettennacht. Eine solche Teufelskugel verfehlte nie ihr Ziel. Drum waren die Frischbuben auch die besten Schützen im ganzen Böhmerwald. Sie konnten aus einer vollgestopften Hühnersteige den Hahn herausschießen und

über den ganzen Frischwinkel hinüber dem Karlhansl Bauer auf der Eisenstraße einen bayerischen Sechser aus den Fingern zielen. Als damals die ersten Schweden von Klattau her in den weltverlorenen Böhmerwald einbrachen, schoß ihnen der Frisch-Melches den Hauptmann mitten aus dem wurlenden Haufen. Der Melches stand oben auf dem Stindelriegel und die Schweden waren noch gute drei Stunden weit am Hammerer Steig unten. Der Schwedenhaufe rannte vor Schreck dann gegen den Donnerwinkel zu, weil keiner von ihnen einen Schützen erspähen konnte.

Man hat die Geschichte in jenen Jahren wohl an die hundert Male in der Aschenbrennerstube erzählt; und hundert Mal setzte der alte Aschenbrenner dazu: „So einen Mettennacht-Frevel straft unser Herrgott gar hart. Von den Frischbuben ist keiner im Bett gestorben!"

Half der Teufel den wilden Jägern auch beim Kugelgießen in der Mettennacht, den Hexen konnte er während der Mette nicht die bösen Male vom Gesicht zaubern. Und selbst wenn sich so eine heimliche Hexe in der überfüllten Kirche in einen Beichtstuhl hockte, Einem, der ein vierblättriges Kleeblatt im Sack hatte und auf einem Schemel aus neunerlei Holz kniete, dem entging sie nicht. Der sah es jeder an, die in Stall und Stube hexte; die Teufelsweiber hatten in seinen Augen Zeidelgelten und Milchhäfen auf und reckten bei der Wandlung die Zunge gegen den Altar. Wehe aber, wenn so ein Hellsichtiger nach der Mette eine der Hexen beim Namen nannte. Der ging in die Irre und man fand ihn oft erst, wenn die klafterhohen Schneewehen schmolzen, in denen er erstickt war.

Ob es dem Soger-Achaz auch so gegangen war, den man im Frühjahr nur hundert Schritt von seinem Häusl in einem Tobel fand, der den ganzen Winter über bis an den Rand mit

Schnee gefüllt war? Darum rätselten sie noch viele Jahre an den langen Abenden, weil sie wußten, daß der Achaz die alte Sumserin für eine Hexe hielt und ihr just in jener Mettennacht, in der er verschollen war, nachspüren wollte. Der Achaz soll während der Wandlung durch das Astloch eines alten Sargbrettes geschaut haben und unter der Kirchentür hörte man ihn sagen: „Ein Krähennest hat sie aufgehabt, das Luder!" . . .

Sie wußten aber nicht nur von Zauber, Hexentanz und Sterben zu erzählen. Im Kichern der Dirnen, im groben Lachen der Burschen, leuchtete auch verschämter Liebeszauber in dieser Nacht.

Sie fragten, ob denn die eine oder andere ein Holzscheit aus der Schar unterm Fenster ziehen werde. Und meinten, sie solle die Augen nicht zu fest zumachen, daß sie kein krummes erwische; sonst kriege sie einen schelhupfenden Mann wie der alte Lenz, der Mettennachtsschuster einer war. Da sollten die Dirndln schon lieber zum Brunnen schleichen und trinken; vielleicht sähen sie sich dann mit dem Brautkranz im Wasser.

Der Einöd Girgl, der vier pralle Dirndln in der Stube hatte und keinen Bräutigam sah, hat einmal in der Christnacht die Menscher in den Obstgarten geschickt und ihnen aufgetragen, die Zwetschgenbäume zu schütteln. Dabei sollten sie sagen: „Gott grüß dich, Zwetschgenbaum! Laß mir ein Hündlein bellen, das mir sagt, woher mein Liebster kommt!" Die vier sind auch hinausgegangen und haben die Bäume geschüttelt; und drüben am jenseitigen Hang, im Kreuzberghof hat richtig der Hofhund gebellt. Jetzt hat aber keine gewußt, welcher das einsame Bellen gilt.

Drum sind sie alle vier ledig geblieben. Und der Sohn vom Kreuzberger auch.

Wieviele Christnächte, voll Zauber, Bangen und Hoffnung sind so über dem alten Böhmerwald erblichen.
Keiner von denen, die sie erlebten, wird sie vergessen.
Und niemand wohl, wird sie wiedererleben in den verschneiten Wäldern unterm Osser.

Durchleuchtete Rauhnächte

Von der alten Kunst des Punschbrauens

In den „Zwölf Nächten" zwischen Weihnachten und Dreikönig steht mit der Erinnerung an den Duft dampfender Punschgläser jener Mann auf, der um die Jahrhundertwende ein herzlich willkommener Gast in den einsamen Waldschlössern und Herrenhäusern des Böhmerwaldes war: Ein kleiner, fröhlicher Herr, mit einem Gesicht, das wie vor langer Zeit geschnitzt schien; so nachgedunkelt in einem hölzernen Braungelb, aber mit Augen, die tiefblau und strahlend waren unter buschigen, grauen Brauen.

Wir nannten ihn nur den „Punschdoktor".

Er war Arzt, übte jedoch kaum seine Praxis aus; nur auf ein paar Herrensitzen war er Freund und ärztlicher Berater. Er war einst als Schiffsarzt über alle Weltmeere gefahren, hatte einige Jahre auch in irgendeiner tropischen Kolonie gedient und lebte nun bei uns im Böhmerwald in einem grauen, steinernen Haus von seinen Renten.

Er sei uralt, sagten die, die ihn kannten.

Mir aber schien er jung mit seinen flammenden Augen.

Und er war der beste Geschichtenerzähler und der feinste Punschkenner, der mir bisher in meinem Leben begegnete. Wenn ihn Gogol gekannt hätte, wäre er wohl als eine Romanfigur des Dichters unsterblich geworden; E. T. A. Hoffmann wäre sein Freund gewesen, und wir könnten dem lindenholzfarbenen Gesicht in einem Phantasiestück des Dichters begegnen. Von Mozart, der auch den Punsch liebte, besäßen wir vielleicht ein „Punsch-Menuett", das des Doktors Namen trüge, wenn der Herr Kompositeur aus Wien auf seiner Reise nach Prag eine Nacht lang bei ihm gerastet hätte. Ja, wäre er ein Jahrhundert früher Schiller begegnet, hätte ihm der Dichter des „Punschlieds – im Norden zu singen", es wohl kaum übelgenommen, daß er einige Strophen dieses Liedes in feuriger Begeisterung umzudichten pflegte. So aber verwehte sein Leben in den Einsamkeiten der Wälder, wie der Duft, der aus den Terrinen stieg, in denen er seine köstlichen Getränke braute.

Ich besitze noch ein altes vergilbtes Heft, in das einst die Großmutter einige Rezepte des Punschdoktors geschrieben hat. Und es ist tröstlich, in der Zeit der „Zwölf Nächte" darin zu blättern und in Erinnerungen zu schwelgen, die aus den Abenden heraufdämmern, da der Punschdoktor unser Gast war.

Wenn ich nun nachlese, auf welche Art er seine Pünsche braute, sehe ich ihn wieder vor mir, in dem großen, braungetäfelten Zimmer, das nur von Kerzen erhellt war: wie er behutsam, mit fast edlen Bewegungen alles bereitlegte, wie er die Früchte schälte, und den Wein eingoß, wie er den Duft des Rums und des Arraks prüfte. Und ich höre ihn plaudern, von der „hohen Zeit" des Punsches, die nun, in den schwarzen, stürmischen „Zwölften" angebrochen sei, und wie jetzt der Punsch, dieser „Namenstag des Herzens" Besänftigung und Glück bringe: „Er ist ein Kind des Ganges, ein sanfter Trost Indiens, den sich englische Kaufleute und Beamte in ihr Nebelland herüberholten. Im Sanskrit heißt das Wort „Pantscha" und bedeutet die Fünfzahl. Denn aus Arrak, Tee, Wasser und Zitronensaft mengten die Inder ihren Trank.* Den Engländern war er dann daheim doch zu sanft im kalten

*) Aus den vier Tränken ergibt sich ein neuer, fünfter, der Punsch.

Nebelwinter; drum machten sie ein heißes, starkes Getränk aus Branntwein, Zucker, Pomeranzensaft und Muskatnüssen daraus.

In dieser Art pflegte er zu plaudern, während er mit bedächtigen Gebärden seinen Punsch bereitete. Und er lächelte dabei über jene, die den Tee aus dem Punsch verbannen wollten; den Tee, der erst die feine, duftende Blume mit den Früchten über das Getränk haucht. Er polterte gegen die anderen, die den Wein zu lange kochen ließen: „Er darf nur kurz aufwallen, sonst verliert er alle Kraft und allen Duft!"

Und dann hob er das erste Glas ins Kerzenlicht und sagte jene Verse aus Schillers Punschlied umformend: „Freudig aus der hellen Schale, schöpfen wir die goldne Flut!" – Er ließ das Kristallglas funkeln, ehe er es mit einer unnachahmlichen Feierlichkeit der Hausfrau kredenzte: „Den Punsch muß der Mann brauen! Er ist ein männliches Geschäft! Der erste Schluck aber gehört den Frauen! Und wenn er ihnen mundet, dann ist es geglückt!"

Wie mundeten diese Pünsche, lieber Punschdoktor! – Nirgendwo noch und nie mehr trank ich einen besseren! Und wenn ich mich auch mühte, nach dem Heft meine Jugendpünsche zu brauen, sie waren nimmer so vollkommen wie jene, die der Doktor in dem großen, braunen Zimmer gebraut hatte, während die Buchenscheite im Kamin krachten und die Kerzen die Putten an der Stuckdecke tanzen ließen. Aber sie zaubern doch wieder die Zeit herauf, in der die Welt friedvoll jedes neue Jahr zu beginnen schien.

Da steht in meinem Heft, mit roten Strichen umrandet: „Der Hinterwäldler-Punsch, das Preißelbeerglück der Verschneiten: Wie die Finnländer müssen wir Osserwäldler unseren Preißelbeerschatz für den Winter hüten! Ein Kilo fest und rund eingemachte Preißelbeeren kocht man kurz mit einem Kilo Zucker in drei Litern gutem Rotwein auf, gibt dazu den Saft von vier Orangen und fünf Zitronen und ein Dutzend Stück Würfelzucker, die man fest an den Zitronenschalen gerieben hat. Achtzig Gramm schwarzen Tees werden dann in zwei Litern Wasser gebrüht, die man mit dem Preißelbeer-Rotwein in ein Tongefäß seiht. Während man dies alles nun im heißen Wasser bis zum Sieden erhitzen läßt, gießt man einen Liter Arrak aus Batavia darauf. – Rauh und männlich ist der Trank, wie unser Gebirg; er macht verträumt, ist nicht zu süß und nicht zu wässrig. Die ärgste Rauhnacht wird behaglich durchleuchtet . . ."

In diesen behaglich durchleuchteten Rauhnächten ward so mancher Punsch bei uns gebraut. Da steht gleich auf der nächsten Seite der „Englische Punsch", der für jede Runde frisch gebraut werden mußte: „Man kocht ein halbes Kilo Zucker in einem halben Liter Wasser eine gute Viertelstunde lang; dann gibt man die bloße Schale einer Orange und einer Zitrone dazu, die nur eine Minute lang mitkochen dürfen. Hierauf werden ein Viertelliter roter Burgunder und ebensoviel Moselwein dazugegossen, es kommt noch ein Achtelliter bester Rum aus Jamaika darein und der Saft von einer Zitrone und von zwei großen Orangen. Nun stellt man den Punsch in ein heißes Wasserbad, bis er dampft, worauf man ihn sorgsam durch ein Sieb in die Gläser gießen darf . . ."

Ich weiß noch, wie sie alle glühten, bei diesem Englischen Punsch, und wie der Doktor fremde, wilde Lieder sang, von alten, einsamen Schlössern. Er sang sie leise, ja manchmal fast verträumt; aber ich spürte in meinem Winkel, dessen Mauern selbst zu einem jener alten Jagdschlösser in den böhmischen Wäldern gehörten, alle Abenteuer ferner Welten durch das dämmerbraune Zimmer huschen.

Und weiter blättere ich, zum leichten „Wiener Punsch", in

dem uns damaligen Österreichern „alle seligen Pratergeigen sangen, wenn man ihn nur richtig zu trinken verstand" –, wie Großmutters Hand am Rande bemerkte: „Zum Wiener Praterpunsch, dem leichten, süßen, hat man schon vorher eine Lösung aus einem halben Kilo Zucker und einem halben Liter Wasser vorbereitet. Wenn man den Punsch dann trinken will, gießt man in jedes Glas zwei Likörgläschen dieser Zuckerlösung, tut dazu ein Gläschen feinsten alten Rums und vom besten Curacao, den man hat, einen Kaffeelöffel voll. Das Punschglas wird dann mit sehr heißem Wasser, in dem ein Hauch Gumpoldskirchner duftet, vollgefüllt. - Und der liebliche Wienerpunsch dampft im Dreivierteltakt, daß sich den Damen bald alles beschwingt wie im Prater dreht . . ."
Einige Seiten weiter – (oh, wie weht es von „römischen", „französischen", „friesländischen" und allerlei „Königspünschen" aus vergilbten Blättern!) – finde ich den „Karamel-Punsch" wieder, der wie eine Erinnerung an verschollene Kirchweihtage im Wald duftet:
„Ein halbes Kilo Zucker wird auf einer mittelstarken Flamme ständig gerührt, bis es goldgelb wird; dann mischt man eineinhalb Liter nicht zu starken Tee darein und läßt alles solange sprudeln, bis es auf einen halben Liter eingekocht ist. Nun gießt man den Saft von drei Orangen und einer halben Zitrone dazu, wirft einige Stücke Zucker hinein, die man an den Fruchtschalen abgerieben hat – und schüttet eine halbe Flasche Rum und heißen Tee darüber . . ."
Als dieser Punsch zum ersten Mal gebraut wurde, durften wir Kinder mittrinken. Und ich erinnere mich, wie der Doktor damals für den nächsten Abend seinen „echten Schwedenpunsch" ankündigte. Darum lese ich nach, daß zu diesem Punsch eine Flasche Rum auf vier Scheiben geschnittene Orangen gegossen werden mußte. Während man die Frucht-

scheiben im Rum ziehen ließ, löste man eineinhalb Kilogramm Kandiszucker in heißem Wasser auf, erhitzte dann zwei Liter weißen Wachauer Wein fast bis zum Kochen, tat eine Prise Zimt und Nelken und ein wenig Muskatnuß dazu und mengte die Zuckerlösung mit dem Rum. Hierauf seihte man das ganze durch ein Tuch in kochendes Wasser.
Ich weiß heute nicht mehr, ob dieser Punsch dann wirklich bei uns gebraut wurde; ich weiß auch nicht mehr, was der Doktor erzählte, als sein „Holländischer Punsch" getrunken wurde, von dem mein Büchlein sagt, daß in einzelnen irdenen Tassen zwei Eigelb mit Zucker angerührt und schaumig gequirlt wurden, die man mit heißem Punsch übergoß, der aus starkem Tee, Rum, Zitronen und guten säuerlichen Äpfeln mit Kandiszucker bestand. Als besondere Würze kamen Rosinen und Korinthen in Genever dazu. Aber ich weiß noch, wie die blauen Flämmchen der guten alten „Füertang" – wie der Doktor sagte – durch die dunkle, braune Stube tanzten, während die Großmutter von verschollenen Zeiten am Wiener Hof erzählte, die jungen Frauen mit großen Augen lauschten und die Männer nickend an ihren Pfeifen und Zigarren sogen.
Und wie der Doktor, ein kleiner, flinker Hexenmeister, an seinem Punsch braute, den man heute zur „Feuerzangen-Bowle" verfälscht hat:
Drei Flaschen guter Bordeaux waren in der Terrine – da dem Doktor weder deutscher noch südländischer Wein dazu taugen mochte. Auf das hufeisenförmige Eisengestell, das über die Terrine gelegt wurde, baute der Doktor kunstvoll große Stücke eines Zuckerhutes, der in seinem schwarzen Mantel auf einem kleinen Tischchen stand. Die Stücke tränkte der Doktor bedächtig und sorgsam mit einer ganzen Flasche Arrak und zündete sie mit einem Kienspan an.

Nun schmolzen die Zuckertrümmer in den Wein, feurige Schlänglein tanzten über den roten dunklen Spiegel, blaue Flämmchen zuckten geisterhaft durch den Raum. Und während draußen die Rauhnacht wild über die verschneiten Wälder schnob, knisterte die traumhaft magische Stimmung einer glücklichen, geborgenen Welt durch den Raum.
Das alles ist schon mehr als ein halbes Jahrhundert her. Aber geb's Gott, daß in den „Zwölften" wieder einmal die Punschterrinen in stillen Stuben und hellen Sälen dampfen, um die eine friedlichere und freudvollere Welt von den Sternen der Rauhnacht überglänzt ist; weil alle Menschen guten Willens sind ...

Waldfasching 1920

Im Wald kracht der Frost.
Der Wind staubt weiß.
Der Röhrenbrunn stockt gepanzert im Eis.
Kälte klammt mit Krallen das Fleisch.
Übers Dorf wölkt der hungernden Krähen Gekreisch.

Tag – noch gefroren im graukalten Licht –,
brüllend aus der Erstarrung bricht:
Grausig gespenstische Höllenbrut,
wälzt sich die albische Maschkeraflut.
Scheusale, dämonisch, von Urlust gepackt,
plärren und hüpfen in blutwildem Takt.
Greulich geckert die Habergeiß,
gackern Kapauner mit strohenem Steiß.
Torkelt der trunkene Truder,
schlampt das schlumpige Luder.
Brechen vor Türen mit blechernem Lärm,
dampft ihre Spottlust aus prallem Gedärm.
Keiner, den nicht ihr Haberzorn sticht,
vertrollen sie sich im sinkenden Licht.

Im Wirtshaus „Zum böhmischen Zoll"
kickst Klarinettengequietsche,
gellen Geige und Horn,
brunstet Brumbaß-Gegroll.
Fistelt die Flöte in fieberndem Zorn:
Was gilt heut die Unschuld, die lang schon verlorn.
Was gilt ein Sechser, der lang schon vertan . . .
Morgen fängt wieder das Elend an.

Vom „Drahdiwaberl" und dem „Grauen End"

„Drahdiwaberl Flußpapier" ... was das nur bedeuten mochte, das sie da sangen, wenn der Bombardon beim „Zwiefachen" den Takt wechselte, daß die Fenster schepperten.
Der Knabe, der sich heimlich im Dämmer davongeschlichen hatte und jetzt unter der Türe des „Gasthauses zum Osserhammer" stand, schaute ernster drein als mancher der Tänzer, die jetzt ihre schweißnassen Gesichter an die Köpfe der Dirndln preßten; denn die Musikanten hatten längst schon einen langsamen „Schleifer" angestimmt. Sobald aber wieder ein „Zwiefacher" anhob, hüpften ihnen die Füße davon, sie lachten und sangen dazu, vom Schuster und seinem Stuhl, vom Schmied, der nigelte und nogelte und vom „Drahdiwaberl-Flußpapier". – Das mußte ein gar seltsames Wesen sein, dieses Waberl Flußpapier ...
Dem Knaben stand eine steile Falte auf der gekrausten Stirn und die kleine Dirn, die ihn jetzt heimholte, meinte ihn trösten zu müssen; doch er fuhr sie an, daß ihr die Worte erschrocken steckenblieben: „Sag lieber was das ist, das Flußpapierwaberl."
Nach einer Weile erst verstand sie, was er meinte: Und sie sang ihm geduldig die seltsame Weise ein paarmal vor:

> „Drah di Waberl Flußpapier
> stumpfata Besen tanz mit mir;
> links um – rechts um – übern Fuaß,
> bis der Janka oba muaß."

Ja, aber was denn das „Flußpapier" bedeute, so heiße doch kein Mensch auf der Welt, grübelte der Knabe. Und saß noch lange wach im Bett, hörte von fern einen Juchzer und glaubte manchmal auch, daß der Klang von einem dieser seltsamen Tanzlieder ans reifschimmernde Fenster wehe, das im Mondschein funkelte.

Das war die erste eigentliche Begegnung des Försterbuben mit dem Fasching unterm Osser. Er hatte früher schon oft die Mägde vom Fasching wispern und lachen hören; er erinnerte sich auch, daß einmal der Vater in pelzverbrämter, von Goldschnüren blitzender Jacke und lustigen kurzen Hosen, und die Mutter in einem wunderschönen Farbenwirbel von Schleifen und Bändern, mit einer Flitterkrone im schwarzen Haar, winkend durchs Kinderzimmer gegangen waren; die Großmutter hatte ihn dann getröstet, Vater und Mutter wären nur als ungarisches Paar ins Bistritzer Schloß zu einem Maskenball gefahren. Aber den Fasching selber, den tanzenden, singenden, hatte er an jenem frühen Samstagabend das erste Mal erlauscht.

Und nun ging ihm das dumme Waberl „Flußpapier" nicht aus dem Kopf. Wenn das der ganze Fasching sein sollte, von dem sie so oft redeten . . .

Er sollte ihn später richtig kennenlernen, den Böhmerwaldfasching, wie er wohl nimmer durch die Wirtshäuser trampeln und tanzen wird, auch wenn das „Drahdiwaberl Flußpapier" nicht ausstirbt herüben, unter bayerischen Osser- und Arberhängen.

*

Wenn Fasching war, daheim im Wald, hatten auch die Bräuche ein närrisches Gesicht. Nicht, daß da schon am Tag des heiligen Hilarius das Werken in den Wirtshäusern angefangen hätte, wie anderwärts; der Mummenschanz blieb hübsch um die eigentliche Fastnacht gerückt, wenn es auch öfter einmal eine Hochzeit gab und vom Eisenstraßer Pfarrer sogar

die Rede ging, daß er jetzt kaum noch Zeit hätte, sich die Virginier anzuzünden, vor lauter Brautlehren, Einschreiben, Verkünden und Trauen. Aber die närrische Zeit kam auch dem Waldler schon bald nach Dreikönig zwischen die Finger; sie ließ ihn allerhand tun, an das er sonst nicht dachte, und sie kicherte durch die Rockenstuben, wo sich die Spinnräder und die Mäuler emsiger rührten. Die Abende wurden jetzt schon kürzer und die Weiberleute mühten sich, die Flachsrocken abzuspinnen, damit ihnen nicht „der Fasching drein kam." Hing am „gumperten Pfinsta" noch ein Fetzen Werg am Rocken, bekam die faule Spinnerin ihr lebtaglang keinen Hochzeiter. Die Bäuerin schaute auch darauf, daß Rad und Rocken zumindest am „rußigen Freitag" schon auf dem Dachboden gut versteckt wurden; denn wer in der hohen Faschingszeit über einen Spinnrocken schauen mußte, dem liefen im Sommer alle Schlangen über den Weg.
In diesen närrischen Wochen schlichen die Hütbuben, die Vogelnestsucher, an jedem Dienstag früh gern in den Hühnerstall und schliffen ihre Taschenfeitel am Hühnerbarren; wenn sie dann am Faschingsdienstag vor Sonnenaufgang unterm Tisch hockten und schöne, lockige Späne von einem fichtenen Klotz schnitzeln konnten, fanden sie im Sommer viel Nester. Bei jeder „Schoitn", die sich so vom Klotz ringelte, nannten sie ein anderes Vogelnest: „Du bringst ein Dorngreilnest – du ein Grasmückennest – du ein Baumhackelnest..." Wenn einer aber dabei erwischt wurde, mußte er die ganze komische Beschwörung um Mitternacht noch einmal probieren.
Die Faschingstage waren – wie die zwölf Losnächte – auch richtige Wetterbringer. Und weil in dieser Zeit der Narren und Bettelmusikanten alles verkehrt und verdreht war, so fiel auch das „Wetterlos" verkehrt: Der Faschingssonntag zeigte

das Wetter fürs Grummet an, wie sich der Faschingsmontag auftat, wurde es ums Kornschneiden und am Faschingsdienstag konnte man sich ausdifteln, wie das Wetter um's Heuget wurde. Daß dann die Narrheit um die Bräuche wie ein Schellengewitter schepperte, je mehr es dem Faschingsdienstag zuging, darf einen nicht Wunder nehmen. Da hatten schon am „schmalzigen Samstag" die Schnapsbrüder ihren Ehrentag; und weil da jeder ins Schnapsglas schauen sollte, damit ihn im Sommer nicht die Mücken plagten, hießen sie auch den größten Saurausch ein „Mückenduserl" an diesem Tag.
Die Jungen hielten einst auch den Faschingssonntag für einen närrisch-dummen Tag; da durften nur die Alten auf die Tanzböden und die Jungen mußten zuschauen; aber sie hatten dann oft ein schadenfrohes Lachen im Gesicht, denn der „Alten" Faschingsfreude blieb nicht rein: Die mußten beim „Zwiefachen", beim „Drahdiwaberl Flußpapier" und beim „Bayerischen" so hoch hupfen als sie's vermochten, damit im Sommer Gras und Halm gerieten; und je höher der Bauer seine Bäuerin lupfte, desto höher blühte der Flachs. Das war oft härter, als eine Holzfuhre laden, denn manche Bäuerin hatte ein paar Zentner zusammengebracht in den Jahren, seit sie das erste Mal auf dem Tanzboden war. Drum wurde an diesem Tag auch der „Eintritt" nach dem Gewicht geschätzt. Das war auch für den Kassierer kein Spaß; verschätzte er sich nach unten, schimpfte der Wirt; verschätzte er sich nach oben, schimpfte der Wirt noch mehr, weil er dann das Doppelte von dem, das er zu viel verlangt hatte, herauszahlen mußte. Da kam so manche mit Polstern unterm Kittel angetanzt; aber die Kassierer kannten schon ihre Kundinnen. Nur bei einer hätten sie sich arg verrechnet. Das war die Wirtin vom „Frischen Keller", eine Wittib, der die Männer gern nachschauten. Die hielt alles für ein riegelsames, gut durch-

wachsenes Weiberts; und sie schwenkte auch so daher, daß man's ja merkte, wieviel Holz bei ihrer Hüttn war.
Einmal, an einem Faschingssonntag, hatte ihr Hansl an der Kasse sich bei einer „dicken" Eisenstraßerin vertan, die zum Gaudium aller die Röcke lupfte und ihre Federpolsterln zeigte. Als die Wirtin dann den Hansl grantig einen rechten Deppen hieß, war der nicht faul und schrie, daß es jeder in der Tanzstube hörte, sie solle halt auch ihre sieben Kittel ausziehen, dann wäre sie die gleiche dürre Heugeigen wie die notige Eisenstraßerin. Seit jenem Faschingssonntag hieß die resolute Wittib die „Siebenkittelwirtin". Und der Name blieb ihr bis an ihr seliges End.
Ist es auch das ganze Jahr nicht allzu fett zugegangen in den meisten Stuben, am Faschingssonntag hat es überall Küchel und ein Schweinernes gegeben. Bei den Haferfürsten und Glasherrn soll einst sieben-, ja sogar neunerlei Fleisch aufgetragen worden sein, erzählten die Leute; und von jeder Mahlzeit mußte soviel übrig bleiben, daß man sich noch einmal hätte an den Tisch setzen können. Bei den großen Bauern hielt man sich auch noch nach dem Ersten Weltkrieg an den Spruch: „Zum Küchelbacken darf der Schmalzhafen nicht leer werden, sonst bleibt er das ganze Jahr leer!" –
„Am Faschingsdienstag hinkt der Teufel im Wald umher", sagten sie. Konnten aber nicht erklären, ob das von allzu sündigem, völlerischem Treiben abhalten sollte oder ob es hieß, daß der Schwarze nur darauf lure, allerhand Böses zu stiften, wo es gerade ging. Darum hielt man auch manchen Brauch, der Vieh und Haus vor des Teufels und der Hexen Anschläge schützen sollte. Der Knecht schüttete den Rindern am Morgen vor dem Füttern Branntwein in die Ohren, damit ihnen die Klauen nicht auswuchsen. Die Bäuerin stutzte den Hühnern die Flügel und streute die Federn ins Nest, damit die Lu-

dern nicht verlegten. Den ganzen Tag aber durfte dann nichts genäht werden im Hof, und die Bäuerin verräumte Nadel und Zwirn; das Flügelstutzen gegen das Verlegen hätte nichts geholfen: „Weil man den Hühnern den Hintern vernäht, nimmt man am Faschingsdienstag eine Nadel oder einen Faden in die Hand."

Vor dem Mittagessen spannte der Großknecht die Jungochsen das erste Mal ein und trieb sie, – lag der Schnee noch hoch – vor dem Leiterwagen, war's jedoch schon aperig, vor dem großen Holzschlitten dreimal ums Haus. Man glaubte nämlich, die Zugochsen würden dann so stark, daß sie ein Roßgespann an Stärke und Temperament aufwiegen.

Am Faschingsdienstag konnte man auch seine Flöhe und alles Ungeziefer anbringen. Im Frühdämmern, wenn die Glokken zur Messe läuteten, mußte man mit einem neuen Besen die Stube auskehren und zur Zeit des Evangeliums das Kehrricht über die linke Schulter auf einen fremden Misthaufen schütten. So bekam der Besitzer des Misthaufens die ganze Brut, die daheim im Strohsack nistete. Aber es sollte einen niemand sehen dabei. Man mußte auch rücklings gegen den fremden Misthaufen schleichen und durfte nicht einmal umschauen dabei. –

Drum gab's um die Jahrhundertwende unterm Arber einen richtigen Grenzzwischenfall: In einem der fürstlichen Holzhauerhäuser, das die Landesgrenze mitten durchschnitt, lebten die böhmische Frischwaben und die bayerische Weberzenz seit Jahren recht friedsam nebeneinander. Die Waben steckte der Zenz den billigen Bohnerlkaffee zu und die Zenz der Waben den billigeren bayerischen Zucker. An einem Faschingsdienstag in der Frühe aber schlich die Waben ärschlings ums böhmische Hauseck mit einer vollen Kehrrichtschaufel – und die Zenz kroch gerade verkehrt aus dem baye-

rischen Kammerfenster und hatte auch eine gehäufte Schaufel. Sie tasteten sich hinters Haus, wo der böhmische und der bayerische Misthaufen schön einträchtig nebeneinander in die kalte Frühe rauchten. – Und sie standen beide zur gleichen Zeit, Rücken an Rücken, am Rand ihres Mistes.
Die Waben hob die Schaufel über die linke Schulter, die Zenz hob sie auch.
Die Zenz holte zum Schwung aus, die Waben schwang auch. Und wie es beiden über die Köpfe staubte, schauten sie doch um – und dann holten sie wieder zur gleichen Zeit aus und pleschten sich die leeren Schaufeln an die Köpfe; aber diesmal von vorn. Zum guten Ende lagen sie beide in der gemeinsamen Odellacke. Kein Wort ist dabei gefallen, und kein Schrei ward laut. Aber sie gingen dann auch ihr Leben lang stumm aneinander vorüber.
Zwischen Böhmen und Bayern war in dem Holzhauerhäusl unterm Arber schon vor mehr als einem halben Jahrhundert der „Eiserne Vorhang" gefallen . . .
Der richtige Waldfasching aber, das war das Treiben der „Maschkera" am Faschingsdienstag. Toll und dämonisch waren diese Maskenzüge und muteten einen an wie uralte Fastnachtspiele oder wie ein waldlerisches „Haberfeldtreiben". Viel Sinn und viel böser Spott lagen darin, und alles, was an Unfug, Dummheit und Schlechtigkeit im vergangenen Jahre geschehen war, wurde „ausgespielt" und „vorgekehrt":
Da waren Gestalten in dem Zuge, die in ihrer gespenstischen Mummerei wie grausliche Dämonen daherfuhren: die „Stroh- und Heunarren", vergessene Akteure aus verschollenen Frühlingszaubern, die „alten Rupfhauben", die gräuslichen „Schlumpeln und Schlampen" und der „hinkende Jäger". Die „Pflugschloipfa" aber mußte auch dabei sein; das waren ein strohener Mann und ein zerzupftes Heuweib auf

einem großen Wagenrad, das auf zwei Schlittenkufen von einem Ochsen gezogen wurde. Und mitten im Zuge sprang die „Habergeiß", ein gräßlicher, hölzerner Ziegenkopf auf einem riesig langen Hals, der eine fetzenumwickelte Stange war: zwei, oft auch vier Burschen, die in einer fellbenähten Kotze den Ziegenleib darstellten, stießen den Geißkopf unter wüstem Geplärr in die kreischenden Zuschauer. Den Beschluß bildeten immer die „Kapauner": abenteuerliche Vogelmasken, die krähend und glucksend vor den Häusern sich scharten und dort eindrangen, wo sie ein kinderloses Ehepaar wußten. Das mußte sich dann unter Gegacker und Spottkrähen in das „Große Kapaunerbuch" eintragen.
Viele aus dem Zug lärmten am Abend auch durch die Wirtshäuser, wo es hoch herging und ein jeder sich so greislich hergerichtet hatte, als er's vermochte. „Hos'n und Kittl, dem Teufel z'schlecht, san no für an Maschkera recht" hieß es bei dieser „Narrenkirchweih". Die tobte bis zum „grauen End".
Man hat einst im Böhmerwald auf eine seltsam-gespenstische Weise den „Fasching begraben". Um Mitternacht wurde in einigen Wirtshäusern ein unheimlich stummer Kehraus gehalten. Da kam das „graue End", – meist ein baumlanger Kerl, mit einer aschgrauen Holzmaske vor dem Gesicht, in graue, dicke Pferdekotzen gehüllt. Er ging von Tisch zu Tisch, schüttete schweigend die Gläser unter die Bänke und winkte dann den Musikanten, die mitten im Spiel abbrachen und heimgingen.
Das war lange vor dem Ersten Weltkrieg.
Das letzte „graue End" aber ist dann für die Böhmerwäldler nach dem Zweiten Weltkrieg gekommen, als sie von Haus und Hof vertrieben wurden.
Seither hört man es dort nimmer, das „Drahdiwaberl Flußpapier" . . .

Wo und von Wem erzählt wurde

Das alte Sagenmotiv: Ein Waldgeist zählt (deutet) das Alter des Waldes, hat der Verfasser in vielen Abwandlungen gehört: Die (wahrscheinliche) Urform – (Anm. 1) erzählte der Heimatforscher Dr. Rudolf Kubitschek in Fürstenhut.
Die zweite Fassung – (Anm. 2) ist wörtlich dem Buche „Böhmerwaldsagen" von Hans Watzlik entnommen. (Böhmerwälder Dorfbücher, Moldavia, Budweis, 1920, Neuaufl. Aufstieg-Verlag, München, 1978)
Die dritte Sage erzählte mir der Holzhauer Matthias Rückl, vom „Sog-Gütl", vor der Osserhütte (Hammern).
Die Fassungen (Anm. 4, 5, 6) hörte ich in der Stube beim Aschenbrenner am Fenzlhof (Hammern) von Georg Aschenbrenner, Josef Rückl (Osserhütte) und Paulus Pscheidl (Kospernhäusl) erzählen.
Die Sage von den beiden seltsamen Riesen, die auch vom Alter des Böhmerwaldes reden, hat der Heimatforscher Josef Blau in einer alten Handschrift in Köpferschlag (Schachen) gefunden (Anm. 7).
Die eigenartigen gruselig-grausigen Geschichterln, die anscheinend aber dieselbe Wurzel haben, (Anm. 8 u. 9) kann man bei Hans Watzlik nachlesen. (Böhmerwaldsagen, S. 65 u. 98)
Die Märchen (der Tomandl-Nedl erklärt . . .) hörte ich vom Hüttenhof-Austragsbauer im Donnerwinkel; das Märchen von den drei Brüdern die zum Fürsten auf die Karlsburg gehn, erzählt auch Dr. Gustav Jungbauer (Böhmerwaldmärchen, Böhmerwälder Dorfbücher, Moldavia, Budweis) Aber da weicht die Art der Geschenke und deren Verlust oft von der Fassung meines Gewährsmannes ab.
Das Hexenmärchen (Hexe im Bärenloch) stellte mir der Lehrer und Schriftsteller Sepp Skalitzky (Neuern-Memmingen), das von den beiden Osserriesen der Holzrottmeister Franz Pscheidl (Osserhüte) zur Verfügung.